중1

문학

국어 한 권: 중1 문학

초판 1쇄 발행 2024년 11월 15일
초판 4쇄 발행 2025년 1월 27일

엮은이 • 김미성 신지연 오요한 전보영
펴낸이 • 황혜숙
편집 • 이혜선
펴낸곳 • ㈜창비교육
등록 • 2014년 6월 20일 제2014-000183호
주소 • 04004 서울특별시 마포구 월드컵로12길 7
전화 • 1833-7247
팩스 • 영업 070-4838-4938 | 편집 02-6949-0953
홈페이지 • www.changbiedu.com
전자우편 • contents@changbi.com

ⓒ ㈜창비교육 2024
ISBN 979-11-6570-284-7 44810
ISBN 979-11-6570-283-0 〔전 2권〕

국어
만큼

김미성
신지연
오요한
전보영
엮음

중1 문학

창비

'국어 한 권'을 펴내며

중학교 국어 교사는 종종 이런 질문을 받습니다.

"중학교 가기 전에 어떻게 준비하면 좋을까요?"

"국어 공부 잘하는 방법 좀 알려주세요."

이러한 질문에 대한 답은 언제나 '책 읽기'지요. 사람들은 뻔한 대답에 실망스러운 표정을 짓기도 하지만 어쩔 수 없습니다. 그러다 보면 다음과 같은 대화가 이어지기도 합니다.

"그럼 무슨 책을 읽어야 하나요?"

"어떤 책이든 상관없어요. 관심 있는 책부터 읽어 보세요."

"관심 있는 게 없으면요?"

"그렇다면 국어 교과서에 있는 글부터 읽어 보세요."

"네? 교과서를 읽으라고요?"

이 말을 들으면 이해가 안 된다는 표정을 짓는 분들이 있더군요. 하지만 교과서는 매우 정교하고 체계적인 과정에 따라 만들어집니다. 특히 국어 교과서를 만드는 수백 명의 선생님들은 학생들의 눈높이와 흥미를 고려하여 수록될 작품을 꼼꼼하게 검토하고 고른답니다. 그러니 중학교 1학년 국어 교과서에는 중1 학생들이 읽기에 적합하면서 학습에도 도움이 되는, 질 좋은 읽을거리가 담겨 있다고 보면 됩니다.

또한 수록작은 문해력, 표현력 등 중요한 국어 능력을 키우려는 명확한 의도 아래 선정되므로, 그 의도를 알아 둔다면 작품을 훨씬 수월하게 이해할 수 있답니다. 가뜩이나 교과목이 늘어나 부담이 커진 중학교 1학년 학생에게 숨통이 트일 만한 이야기가 아닐 수 없습니다. 이토록 효율적인 독서라니, 왜 국어 교과서부터 읽으라고 했는지 이제 이해가 되나요?

2025년, 중학교 1학년을 시작으로 새 교육과정에 맞춰 개발된 교과서가 쓰입니다. 2026년에는 1학년과 2학년이, 2027년에는 중학교 전 학년이 새 교과서로 공부하게 되지요. 그렇다면 바뀌는 국어 교과서는 이전과 어떤 점이 다를까요?

먼저 국어과 교육과정의 여섯 가지 역량(비판적·창의적 사고 역량, 디지털·미디어 역량, 의사소통 역량, 공동체·대인 관계 역량, 문화 향유 역량, 자기 성찰·계발 역량)을 기르기 위한 성취기준이 달라졌습니다. 성취기준이란 교과서를 학습한 결과 학생이 궁극적으로 할 수 있거나 할 수 있기를 기대하는 도달점을 뜻합니다. 교과서에서 '학습 목표'를 본 적 있지요? 이 학습 목표도 바로 성취기준을 바탕으로 짜인 것이랍니다. 교과서 속 작품과 활동은 모두 성취기준을 고려해 구성되는데, 이 성취기준이 달라지니 교과서의 전반적인 내용도 달라지는 것이지요.

개정된 교육과정에 따라 새로 개발된 10종의 국어 교과서는 서로 다른 글과 활동을 제시하고 있습니다. 그렇다면 우리 학교에서 배우는 교과서만 읽어도 충분할까요? 같은 성취기준을 바탕으로 10종의 교과서가 각각 어떤 작품을 선택했을지 궁금하지 않은가요?

이러한 고민과 호기심을 해결하기 위해 창비교육의 '국어 한 권'이 탄생했습니다. '국어 한 권'은 10종의 중학교 국어 교과서에 실린 문학, 비문학 작품을 선별하여 한 학년당 문학 1권, 비문학 1권으로 구성했답니다. '국어 한 권' 시리즈의 특징을 좀 더 알아볼까요?

- 10종의 국어 교과서에 실린 문학과 비문학 작품을 각각 1권에 담아 효율적으로 독서할 수 있도록 만들었습니다.

- 2022 개정 교육과정 교과서 편찬에 참여한 현직 국어 교사들이 직접 만들어 현장성과 전문성을 높였습니다.

- 교과서에 반영된 성취기준을 바탕으로 목차를 구성하고 작품을 선별하여 깊이 있게 이해할 수 있도록 했습니다.

- 작품마다 성취 수준을 확인할 수 있는 활동을 제시해 성취기준을 이해하기 쉽도록 도왔습니다.

- '수능 맛보기'를 추가해 중학생들이 수능에 대해 느끼는 막연한 호기심과 불안을 해소할 수 있게 했습니다.

새로운 학교생활이 서툴고 어려움이 있더라도 여러분은 충분히 잘해 나갈 수 있을 거예요. '국어 한 권'을 읽으며 세상을 살아가는 데 유용한 지식과 정보, 무엇이든 도전할 수 있는 용기와 힘을 얻어 보시겠어요? 그렇게 차근차근 해 나가다 보면 어느새 부쩍 성장한 자신을 발견할 수 있을 것입니다. 여러분의 멋진 중학교 1학년을 응원합니다.

2024년 가을
엮은이 **김미성 신지연 오요한 전보영**

'국어 한 권' 속 성취기준, 함께 살펴볼까요?

이 시리즈의 각 권은 2022 개정 교육과정 국어과 성취기준 중
문학, 읽기 영역을 기준으로 구성되었습니다.

문학 편

영역	성취기준	『국어 한 권: 중1 문학』 차례
문학	운율, 비유, 상징의 특성과 효과에 유의하며 작품을 감상하고 창작한다.	**1부** 문학에 담긴 표현: 운율 · 비유 · 상징
	인간의 성장을 다룬 작품을 읽으며 문학의 가치를 내면화한다.	**2부** 함께 자라는 우리: 성장
	갈등의 진행과 해결 과정을 파악하여 작품을 감상한다.	**3부** 부딪히고 얽히며: 갈등

비문학 편

영역	성취기준	『국어 한 권: 중1 비문학』 차례
읽기	읽기의 목적과 글의 구조를 고려하며 글을 효과적으로 요약한다.	**1부** 간추리고 정리하며: 요약
	독자의 배경지식과 글에 나타난 정보 등을 활용하여 글에 드러나지 않은 의도나 관점을 추론하며 읽는다.	**2부** 숨은 의미 발견하기: 추론

차례

1부 문학에 담긴 표현
운율 · 비유 · 상징

1부

문학에 담긴 표현
운율·비유·상징

들어가며: 운율

여러분은 노래 듣는 것을 좋아하나요? 어떤 노래를 좋아하나요? 저는 우리가 노래를 즐기는 이유 중 하나가 노래 가사 속 리듬에 신나는 기분이 들기 때문이라고 생각합니다. 예를 들어 볼까요?

여우야 여우야 뭐 하니, 잠잔다, 잠꾸러기
여우야 여우야 뭐 하니, 세수한다, 멋쟁이

이 동요를 부르다 보면 '여우야, 뭐 하니, ~한다'처럼 일정한 규칙에 따라 반복되는 어떤 흐름, 즉 리듬감을 느낄 수 있지요. 마찬가지로 시를 읽을 때도 시어 자체나 여러 시어들 사이에서 리듬감을 느낄 수 있어요. 이렇게 시를 읽을 때 느껴지는 말의 가락을 **운율**이라고 해요.

운율은 뚜렷하게 드러나기도 하지만 그렇지 않을 때도 있어요. 그럼 운율을 어떻게 알아챌 수 있냐고요? 시에서 같은 단어가 반복될 때, 한 행에 들어가는 글자 수가 서로 같을 때, 시를 일정한 마디로 끊어 읽을 때 느낄 수 있어요. 또

'라임(Rhyme)'이라고 들어 봤죠? 같은 위치에 같은 소리가 규칙적으로 반복될 때나 '멍멍', '아장아장'과 같은 의성어·의태어를 사용할 때도 운율을 느낄 수 있어요. 운율을 잘 살려 시를 읽으면 노래를 부르는 듯한 흥겨움과 말의 재미를 맛볼 수 있답니다. 그뿐만 아니라 운율은 시의 전체적인 분위기를 만들며 주제를 효과적으로 전달하게도 하지요.

우리가 노래를 감상할 때, 가사를 눈으로만 따라 읽는다면 그 노래를 제대로 느낄 수 없겠죠? 시도 마찬가지예요. 시를 만나면 눈으로만 말고 입으로 소리 내어 읽어 보세요. 그러면 운율이 또렷이 드러나 시가 재미있게 느껴지고 공감도 더 잘 된답니다.

그럼 다 같이 운율을 느끼러 떠나 볼까요?

● 작품 한눈에 보기

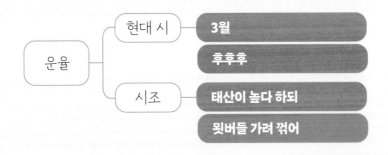

눈이 오는 어느 봄날의 풍경을 그린 시입니다. 시에 깃들어 있는 리듬을 느끼며 소리 내어 읽어 봅시다.

3월

오규원

아침부터
펑 펑
봄눈이 내리더니

점심 무렵에는
산과
들이
눈부시게
하얀 이불을 덮고
잠이 들었다

골짝을
타고 내리는 물소리만

나즉 나즉

자장가처럼 들리던
하루가 지나고
다시 아침이 오고
해가 떠오르더니

점심 무렵에는
산과
들에
좌아악 깔린 이불을
모조리
걷어 가 버렸다

이불이 걷힌
그 자리에는
잠자리에서 뛰어나온
아이들처럼

파란 싹들이
와자지껄
일어나 있다

1. 다음 물음에 답하며 이 시가 무엇을 표현했는지 생각해 봅시다.

• 이 시에 드러난 계절은 언제인가요? 구체적으로 대답해 봅시다.

• 시간이 지남에 따라 시의 분위기가 어떻게 바뀌는지 적어 봅시다.

아침	점심
조용하고 고요함.	

2. 이 시의 운율을 만드는 요소와 그에 해당하는 시어를 연결해 봅시다.

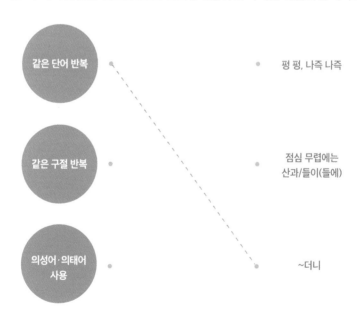

같은 단어 반복 •   • 펑펑, 나즉 나즉

같은 구절 반복 •   • 점심 무렵에는 산과/들이(들에)

의성어·의태어 사용 •   • ~더니

후후후

성미정

아가야
내 이름은 민들레야
지난겨울 너의 모자 끝에
달려 있던 털방울 같지

작은 입술 뽀뽀하듯 내밀고
후후후 입김 부는 아가야

봄바람 같은 너의 숨결에
나는 세상에서 제일 작은
낙하산 되어 날아가지

멋지게 착륙하여 내년에 다시

널 만나러 올게

그때는 너의 숨결도 좀 더
힘차고 따뜻하게 자라 있을 테지

내년 봄에는 후후
두 번만 불어도
나는 날아갈 테지

올해는 후후후
내년엔 후후

1. 다음은 이 시를 읽고 느낀 감상을 적은 글입니다. 밑줄 친 부분에 공통적으로 들어갈 단어를 넣어 감상문을 완성해 봅시다.

이 시에서 _____ 는 아가에게 말을 걸고 있다. 지금은 아가가 '후후후' 하고 세 번을 불어야 날아갈 수 있지만, 내년에는 두 번만 불어도 자신이 날아갈 수 있을 거라고 말이다. 털방울 같은 _____ 를 부는 아가와, 하나씩 흩어진 채 낙하산이 되어 날아가는 _____ 모두가 귀엽게 느껴진다.

2. 이 시에서 다음 민요의 밑줄 친 부분과 비슷한 역할을 하며 운율을 형성하는 시어를 찾아봅시다.

<u>아리랑</u> <u>아리랑</u> 아라리요
<u>아리랑</u> 고개로 넘어간다
나를 버리고 가시는 임은
십 리도 못 가서 발병 난다

다음은 우리나라 고유의 문학 갈래로, 일정한 형식과 규칙에 맞추어 쓴 시조입니다. 두 작품의 공통점을 생각하며 소리 내어 읽어 봅시다.

태산이 높다 하되

양사언

태산이 높다 하되 하늘 아래 뫼이로다
오르고 또 오르면 못 오를 리 없건마는
사람이 제 아니 오르고 뫼를 높다 하더라

묏버들 가려 꺾어

홍랑

*묏버들 가려 꺾어 보내노라 님에게
주무시는 창 밖에 심어 두고 보소서
밤비에 새잎이 나거든 나인가도 여기소서

* 묏버들: 버들강아지. 버드나무의 꽃.

「태산이 높다 하되」와 「묏버들 가려 꺾어」를 읽고 다음 물음에 답해 봅시다.

1. 여러분이 「태산이 높다 하되」의 지은이라면, 다음과 같이 생각하는 친구에게 어떤 말을 해 줄지 생각해 봅시다.

숙제가 많아서 하기 싫어.

나의
조언

2. 여러분이 「묏버들 가려 꺾어」의 지은이라면, 연인에게 무엇을 보내며 자신을 떠올려 달라고 할지 적어 봅시다.

- 보내고 싶은 것: _____

- 그 이유: _____

_____

_____

_____

_____

3. <보기>를 참고하여 「묏버들 가려 꺾어」에서 끊어 읽어야 하는 부분을
찾아 ∨ 표시를 해 봅시다.

태산이 ∨ 높다 하되 ∨ 하늘 아래 ∨ 뫼이로다
오르고 ∨ 또 오르면 ∨ 못 오를 리 ∨ 없건마는
사람이 ∨ 제 아니 오르고 ∨ 뫼를 높다 ∨ 하더라

묏버들 가려 꺾어 보내노라 님에게
주무시는 창 밖에 심어 두고 보소서
밤비에 새잎이 나거든 나인가도 여기소서

나가며: 운율

지금까지 우리는 다양한 시를 읽으며 운율에 대해 살펴보았습니다. 봄날의 풍경을 그려 낸 「3월」은 단어나 구절을 반복하거나 의성어·의태어를 사용하여 운율을 만들었습니다.

어린아이가 민들레 꽃씨를 불며 노는 모습을 표현한 「후후후」에서는 같은 글자를 반복하며 리듬을 자아냈지요.

불평하지 말고 성실히 노력하라고 말하는 「태산이 높다 하되」와 사랑하는 사람을 그리워하는 마음을 노래한 「묏버들 가려 꺾어」에서는 한 행을 네 마디로 끊어 읽으며 운율을 느낄 수 있었습니다.

어떤가요? 무턱대고 시에 다가가는 것보다 이렇게 운율을 느끼며 시를 읽고 공부하니 생동감이 느껴지지 않나요?

앞으로 여러분이 마음에 드는 시를 만나면 노래처럼 운율을 살려 흥얼거릴 수 있다면 좋겠어요. 아름다운 시를 가슴에 품고 있는 사람이라니, 생각만 해도 멋지네요!

들어가며: 비유

우리는 종종 표현하고 싶은 내용을 다른 것에 빗대어 나타내곤 합니다. 우리 모두가 잘 알고 있는 노래를 통해 조금 더 알아봅시다.

> 사과 같은 내 얼굴 예쁘기도 하지요
> 눈도 반짝, 코도 반짝, 입도 반짝반짝

이 노래에서는 "내 얼굴"이 "사과 같"다고 했네요. 이렇게 표현하려는 대상을 그와 비슷한 다른 대상에 빗대어 나타내는 것을 **비유**라고 해요. 그런데 그냥 '예쁜 얼굴'이라고 해도 되는데 왜 하필 '사과 같은 내 얼굴'이라고 했을까요? 두 가지 표현 중 어느 쪽의 이미지가 더 잘 떠오르는지 생각해 봅시다. 저는 '사과 같은 얼굴'이라는 가사를 읽으니 빨갛고 동그스름한 사과가 연상되어 노래에서 표현한 얼굴을 구체적으로 떠올릴 수 있었어요. 이처럼 비유를 사용하면 글쓴이는 표현하려는 대상의 성격이나 모습을 인상 깊고 생생하게 전할 수 있고, 읽는 이는 재미와 참신함을 느낄 수 있지요.

비유는 문학 작품뿐만 아니라 이미지에도 쓰입니다. 옆에 보이는 사진은 지구 온난화를 아이스크림이 녹는 것에 빗대어 나타냈습니다. 지구 온난화의 심각성을 한 장의 사진으로 더욱 인상적으로 표현했지요. 이처럼 비유를 적절히 사용하면 나타내고자 하는 주제를 효과적으로 전달할 수 있습니다.

문학에서 쓰이는 비유에는 "사과 같은 내 얼굴"처럼 '~ 같은, ~듯이' 등을 활용하여 표현하는 직유법과 "내 마음은 호수요."에서 보이듯 '~은 ~이다.'의 형태로 표현하는 은유법, "새들이 춤을 춘다."처럼 사람이 아닌 대상을 사람에 빗대어 표현하는 의인법 등이 있습니다,

그럼 참신한 비유를 찾아 문학 작품을 여행해 볼까요?

● 작품 한눈에 보기

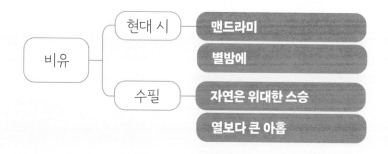

비유 ─ 현대 시 ── 맨드라미
            └── 별밤에
     └ 수필 ── 자연은 위대한 스승
            └── 열보다 큰 아홉

맨드라미

김선우

쭈글쭈글 닭 벼슬 같아
거인의 혓바닥 같아
외갓집 마당에 내 키랑 비슷한 맨드라미
넌 왜 이렇게 생겼니
꽃 같지 않게

그때 맨드라미가 말했어
넌 왜 그렇게 생겼니
라고 나는 말하지 않아
너는 그냥 너지

맨드라미에게 사과했어
누가 나에게

너는 왜 그렇게 생겼니
라고 물으면 얼마나 속상할까
나는 나일 뿐인데

키가 비슷한 맨드라미
뺨에 뺨을 대 보았어
나답고 맨드라미답게
체온이 서로 달랐어

1. 이 시에서 '맨드라미'를 빗대어 표현한 시어를 모두 찾아봅시다.

나   꽃   체온   닭 벼슬

외갓집 마당   거인의 혓바닥

2. '나'와 맨드라미의 대화를 통해 시인이 나타내고자 한 주제가 무엇인지 생각해 봅시다.

3. 다음 사진의 맨드라미와 비슷하다고 생각되는 소재를 찾아 빗대어 표현해 봅시다.

예 빨간 수세미 같아.

_____ 같아.

별이 아름답게 빛나는 밤하늘을 표현한 시입니다. 별밤을 무엇에 빗대어 표현했는지 생각하며 시를 읽어 봅시다.

별밤에

나태주

별빛이 소낙비처럼
쏟아지는 밤

굴참나무 잎새 두 개
따다가 귀에 대면

내 귀는 그대로
우주의 안테나

맑게 살리라
사랑하며 살리라

은하수 밖 태양계 밖

우주의 소리를 듣는다

그래 그래 그래
산들이 고개 끄덕여 주고

강물도 입술 반짝이며
엿듣고 있다

「별밤에」를 읽고 다음 물음에 답해 봅시다.

1. 다음 물음에 답하며 이 시가 표현하고 있는 풍경을 상상해 봅시다.

- 이 시의 시간적 배경은 하루 중 언제인가요?

- 이 시에 등장하는 '나'는 무엇을 하고 있나요?

2. 빈칸에 알맞은 시어를 넣어 이 시에 쓰인 비유적 표현을 정리해 봅시다.

- 하늘에서 내려온다는 공통점을 바탕으로 '별빛'을   에 빗대어 나타냈어.

- 메시지를 들을 수 있다는 공통점을 바탕으로 '귀'를   에 빗대어 나타냈어.

자연은 위대한 스승

김하경

어느 날 마당에 앉아 물끄러미 허공을 바라보고 있었습니다. 그때 아주 큼직한 거미 한 마리가 전깃줄과 빨랫줄 사이의 넓은 공간에다가 지어 놓은 거대한 거미집이 눈에 띄었습니다. 비 온 뒤라서 거미줄은 온통 영롱한 구슬처럼 반짝반짝 빛났습니다. 그 솜씨가 어찌나 정교하고 °미려한지, 그 신비로움에 감탄하여 한참이나 넋을 잃을 정도였습니다.

그런데 자세히 들여다보니 잠자리 한 마리가 거미줄 가장자리에 걸려 안간힘을 쓰는 모습이 눈에 띄었습니다. 벗어나려고 몸부림을 칠수록 거미줄은 더욱더 잠자리의 가느다란 몸뚱이를 사정없이 죄어 왔습니다. 조금 전까지 신비로움과 아름다움의 대상이었던 거미집이 갑자기 소름이 오싹 돋는 죽음의 덫으로 변했습니다.

* 미려하다: 아름답고 곱다.

거미줄로 다가가 조심조심 잠자리의 몸을 휘감은 거미줄을 떼어 보았습니다. 그러나 어찌나 가늘고 신축성이 뛰어난지 거미줄을 떼어 내기가 여간 힘든 게 아니었습니다. 더욱이 잠자리 날개는 너무 얇고 미세해서 숨을 죽이며 조심조심했는데도 그만 한쪽 날개가 너덜너덜 찢어지고 말았습니다. 가까스로 거미줄을 다 벗겨 냈지만 잠자리는 날 수가 없었습니다. 손바닥 위에 올려놓고 몇 번이나 날려 보았으나 잠자리는 그때마다 곤두박질치듯 바닥으로 떨어지고 말았습니다. 그 뒤 몇 번 더 퍼덕였지만 끝내는 더 이상 움직이지 않았습니다.

결국 거미는 거미대로 먹이를 잃고, 잠자리는 잠자리대로 죽고 만 것입니다. 도와준다고 나선 것이 결과적으로는 둘 다 망치고 만 것입니다.

이런 게 값싼 동정심이란 거구나.

신이라도 되는 것처럼, 돌고 도는 이 자연의 순환, 이 위대한 자연의 섭리를 거스르다니, 바꿔 보겠다고 끼어들다니.

이런 °무지몽매가 없었습니다. °후회막심이었습니다.

그때였습니다. 어디서 냄새를 맡았는지 귀신같이 알고 개미들이 죽은 잠자리 시체를 향해 떼를 지어 새까맣게 몰려오기 시작했습니다.

바로 저거야!

° 무지몽매: 아는 것이 없고 사리에 어두움.
° 후회막심: 더할 나위 없이 후회스러움.

자연의 가르침에 저절로 머리가 숙었습니다.

자연은 정말 위대한 스승입니다.

1. 다음 중 자연의 섭리를 거스른 글쓴이의 행동을 골라 ✓ 표시를 해 봅시다.

  ☐ 거미 한 마리가 미려한 거미집을 지어 놓음.

  ☐ 잠자리가 지나가다 거미줄에 걸림.

  ☐ 잠자리를 구하려고 거미줄을 일부러 벗겨 냄.

  ☐ 개미들이 죽은 잠자리를 향해 몰려듦.

2. 글쓴이가 자연을 '위대한 스승'이라고 표현한 까닭이 무엇일지 생각해 봅시다.

숫자에 담긴 뜻을 새롭게 바라본 수필입니다. '열'과 '아홉'이 가리키는 의미를 따라가며 작품을 읽어 봅시다.

열보다 큰 아홉

이문구

오늘은 아홉과 열이라는 수가 지니고 있는 뜻에 대해서 생각해 보기로 합시다.

잘 아시다시피 열은 십, 백, 천, 만, 억 등의 °십진급수에서 제일 먼저 꽉 찬 수입니다. 그러므로 이 열에 얼마를 더 보태거나 빼거나 한다면 그것은 이미 열이 아닌 다른 수가 됩니다.

무엇을 하기에 그 이상 좋을 수가 없이 알맞은 경우에 "'십상 좋다.'고 말하는 십상도, 열 십(十) 자와 이룰 성(成) 자에서 나온 말입니다. 그만큼 열이란 수는 이미 이룰 것을 이룩한 완전한 수이며, 성공을 한 수인 것입니다.

° 십진급수: 십진법으로 얻은 여러 가지의 단위에 붙는 이름. 십, 백, 천, 만, 억, 또는 할, 푼, 리, 모 따위가 있다.

° 십상: 꼭 맞게.

그러면 아홉이란 수는 어떤 수입니까? 두말할 필요도 없이 열보다 하나가 모자라는 수입니다. 다시 말하면, 완전에 거의 다다른 수, 거기에 하나만 보태면 완전에 이르게 되는 수, 그래서 매우 아쉬움을 느끼게 하는 수인 것입니다.

　　그러면 아홉은 정녕 열보다 적거나 작은 수일까요. 그렇지 않습니다. 예를 들어 보겠습니다.

　　끝없이 높고 너른 하늘을 십만 리 [*]장천이라고 하지 않고 구만리장천이라고 합니다. 젊은이더러 앞이 구만리 같은 사람이라고 하는 말과 같은 뜻이지요.

　　굽이굽이 한없이 서린 마음을 구곡간장이라고 하고, 굽이굽이 에워 도는 산굽이가 얼마인지 모르는 길을 구절양장이라고 하고, 통과해야 할 문이 몇이나 되는지 모르는 왕실을 구중궁궐이라고 하고, 죽을 고비를 수도 없이 넘기고 살아난 것을 구사일생이라고 표현하고 있습니다.

　　또 있습니다. 끝 간 데가 어디인지 모르는 땅속이나 저승을 구천이라고 하고, 임금보다 한 계급 모자라는 대신인 삼공육경을 구경이라고 합니다. 문화재로 남아 있는 탑들을 보면, 구 층 탑은 [*]부지기수로 많아도, 십 층 탑은 아직 보지 못하였습니다.

　　동양에서는, 그중에서도 특히 우리나라에서는, 오랜 옛날부터 열보다 아홉을 더 사랑했습니다. 얼마나 사랑했으면

* 장천: 끝없이 잇닿아 멀고도 넓은 하늘.
* 부지기수: 헤아릴 수가 없을 만큼 많음. 또는 그렇게 많은 수효.

아홉 구 자가 두 번 든 음력 구 월 구 일을 °중양절이니, 중 굿날이니 하는 이름으로 부르면서, 천 년이 훨씬 넘도록 큰 명절로 정하고 °쇠어 왔겠습니까.

우리의 조상들이 열보다 아홉을 더 사랑한 것은 무슨 까 닭이었을까요. 간단히 말해서 모든 일에 완벽함을 기대하지 않았다는 뜻이 아니었을까요? 다시 말하면, 이 세상에 완전 한 것은 없다는 사실을, 우리의 선조들은 아주 오랜 옛날부 터 익히 알고 있었다는 것입니다.

우리가 흔히 듣는 말에 "모든 기록은 깨어지기 위해서 있 다."라는 말이 있습니다. 이 말이 맞지 않는 말이라면, 여러 분이 아시다시피 세계 제일의 기록만을 수록하는 『기네스 북』도 해마다 다시 찍어 내야 할 이유가 없겠지요.

모든 기록이 반드시 깨어지기 마련인 것은, 그 기록을 이 룩한 것이 인간이기 때문이라고 생각합니다. 인간은 저마다 무한한 가능성을 타고난 사실과 아울러서, 이 세상에 완전 한 인간은 결코 어디에도 있을 수가 없다는 사실 또한 그 스 스로가 증명해 주는 존재이기도 합니다.

열이란 수가 넘치지도 않고 모자라지도 않고, 또 조금도 여유가 없이 꽉 찬 수, 그래서 다음도 없고 다음다음도 없이 아주 끝나 버린 수라는 점에서, 아홉은 열보다 많고, 열보다 크고, 열보다 높고, 열보다 깊고, 열보다 넓고, 열보다 멀고,

° 중양절: 세시 명절의 하나로 음력 9월 9일을 이르는 말.
° 쇠다: 명절, 생일, 기념일 같은 날을 맞이하여 지내다.

열보다 긴 수였으며, 그리하여 다음, 또 그다음, 그도 아니면 그 다음다음을 바라볼 수 있는, 미래의 꿈과 그 가능성의 수였기에, 슬기롭고 끈기 있는 우리의 선조들에게 일찍부터 열보다 열 배도 넘는 사랑을 담뿍 받아 왔던 것입니다.

열이란 수가 어느 하나 부족한 것이 없이 모든 것을 이룬 어른과 같다면, 아홉은 앞으로 무엇이든 될 수 있는 청소년과도 같은 수인 셈입니다. 여러분은 지금 한창 자라고, 한창 배우고, 한창 놀아야 할 중학생입니다. 여러분은 지금 무엇한 가지도 완벽할 수가 없으며, 항상 어딘가가 부족하고 어설픈 것이 오히려 정상적인 학생입니다. 행여 무엇이 남들보다 모자란 것이 아닌가 싶어서 스스로 괴로워하고 외로워하고 서글퍼해 온 학생이 있다면, 어떨까요, 이제부터라도 열이란 수보다 아홉이란 수를 더 사랑해 보는 것은.

「열보다 큰 아홉」을 읽고 다음 물음에 답해 봅시다.

1. 다음은 이 글에 담긴 비유적 표현을 정리한 내용입니다. 예를 참고 하여 글쓴이가 '아홉'을 무엇에 빗대었는지, 그 이유는 무엇인지 적 어 봅시다.

빗댄 대상	이유
ⓔ 열 어른	어느 하나 부족한 것이 없이 모든 것을 이뤘으니까.
아홉	

2. 이 글의 글쓴이처럼, 여러분도 좋아하는 숫자 하나를 꼽고 그 숫자 에 자신만의 의미를 담아 표현해 봅시다.

ⓔ 나는 숫자 '8'이 좋아. 오뚝이처럼 생겨서, '8'을 보면 조금 힘들어 도 우뚝 설 수 있는 용기가 날 것 같은 느낌이 들어.

• 좋아하는 숫자: _____

_____

• 자신만의 의미: _____

_____

3. 미래의 '나'가 시간을 거슬러 지금의 여러분에게 찾아왔다고 생각해 봅시다. 어른이 된 '나'에게 털어놓고 싶은 고민 한 가지를 들고 미래의 '나'는 어떤 조언을 해 줄지 상상하여 적어 봅시다.

'나'의 고민

사실은 중학교 입학을 앞두고 마음이 좀 이상해. 정든 초등학교를 떠나는 것이 아쉽고 중학교 생활도 걱정돼. 그래서인지 공부도 잘 안 되고 가족들한테 짜증을 냈다가 후회하는 일을 반복해.

누구나 환경이 바뀌면 걱정이 될 거야. 새로운 친구와 선생님을 기대하며 어떤 중학 생활을 보낼지 미리 계획을 세워 보는 건 어떨까?

미래의 '나'

'나'의 고민

미래의 '나'

나가며: 비유

지금까지 우리는 시와 수필을 읽으며 비유에 대해 살펴보았습니다. 말하는 이와 '맨드라미'가 나눈 대화를 통해 각자의 개성을 존중하는 태도의 중요성에 대해 이야기한 「맨드라미」에서는 맨드라미를 '닭 벼슬'과 '거인의 혓바닥'에 빗대어 표현한 것을 확인했지요.

별밤의 아름다움을 노래한 「별밤에」는 별빛을 '소낙비'에, 귀를 '우주의 안테나'에 비유했습니다. 소낙비처럼 별빛도 땅에 쏟아질 듯 느껴진다는 점, 그리고 귀와 안테나 모두 신호를 받아들인다는 특징에서 비롯된 비유랍니다.

거미줄에 걸린 잠자리를 구해 주려다 자연의 섭리를 깨달았던 경험이 담긴 수필 「자연은 위대한 스승」에서는 제목 그대로, 자연을 '위대한 스승'에 빗대었지요. 어떤가요? 여러분이 보기에도 자연에게서 배울 점이 있었나요?

'열'과 '아홉'에 담긴 의미를 짚고 완벽함보다 가능성에 주목하는 태도를 강조한 「열보다 큰 아홉」에서는 각각의 숫자가 비유하는 바를 알아보았습니다. 숫자 속에 담긴 의미가 한창 자라는 여러분에게는 더욱 와닿지 않았을까 싶어요.

비유는 문학 작품에서만 쓸 수 있는 특별한 표현법이 아닙니다. 여러분도 일상에서 충분히 활용할 수 있어요. 앞으로 눈에 들어오는 무언가가 생긴다면 그와 공통점을 지닌 다른 대상을 떠올려 보는 건 어떨까요? 예를 들면, '휴대폰은 내 친구', '하늘이 바다처럼 파랗네.' 하고요. 그러다 문득 마음에 드는 표현이 생기면 메모를 해 보세요. 이런 습관이 쌓이다 보면 여러분도 어엿한 작가가 될 수 있지 않을까요?

들어가며: 상징

 여러분은 네잎클로버를 찾아본 적 있나요? 쪼그려 앉아 비슷비슷한 풀 속에서 네잎클로버를 찾는 이유는 바로 네잎 클로버가 ○○을 상징하기 때문이지요. 빈칸에 들어갈 단어가 뭘까요? 네, 바로 '행운'입니다.

 이렇듯, 추상적인 생각이나 감정을 구체적인 사물을 통해 나타내는 표현법을 **상징**이라고 해요. 네잎클로버라는 구체적 사물을 통해 눈에 보이지도 않고 만질 수도 없는 '행운'이라는 단어를 효과적으로 표현할 수 있지요. 카네이션은 '사랑과 감사', 비둘기는 '평화', 물은 '생명', '탄생', '순수함'을 뜻하는 대표적인 상징물입니다.

 그렇다면 앞에서 배운 비유와 상징은 어떤 점이 다를까요? 우선 비유는 '사과 같은 내 얼굴'과 같이 나타내려고 했던 대상(원관념)과 빗댄 대상(보조 관념)이 모두 글에 드러나고 이 둘은 1:1의 관계를 지닙니다. 그런데 상징은 상황에 따라 하나의 단어가 여러 가지 의미를 지니며 글에서는 원관념은 생략된 채 보조 관념만 드러납니다.

 예를 들어 "가난과 싸우며 아이를 키운 어머니의 눈물"

이라는 구절에 등장한 '눈물'에는 어떤 의미가 담겨 있을까요? 아마도 어머니의 사랑, 희생, 고통, 노력 등 여러 가지 의미가 숨어 있겠지요. 그 숨은 의미를 추측하는 것이 상징의 매력이랍니다.

이렇듯 상징은 표현하려는 것을 직접 드러내지 않아 독자 스스로 상상하게 하고 대상에 새로운 가치를 더하여 보다 풍부한 의미를 표현할 수 있어 작품의 주제를 효과적으로 드러내도록 도와줍니다.

그렇다면 상징의 매력 속으로 들어가 볼까요?

● 작품 한눈에 보기

상징

현대 시
- 하늘의 별 따기
- 새로운 길

시조
- 오우가

수필
- 아름다운 흉터

하늘의 별 따기

나희덕

— 엄마, 저 별 좀 따 주세요.

저기, 저 별 말이지?
초승달 가장 가까이서 반짝이는 별.

물론 따 줄 수는 있어.
나무 열매를 따듯
또옥, 별을 따 줄 수는 있어.

그런데 말야.
하늘에 저렇게 별이 많은 건
사람들이 참았기 때문이야.
따고 싶어도 모두들 꾹 참았기 때문이야.

— 그래도 하나만 따 주세요.

지금부터 눈을 꼬옥 감고 열을 세렴.
엄만 다 방법이 있거든.

— 하나, 두울, 셋, 넷, 다섯, 여섯, 일곱, 여덟, 아홉, 열!

이제 눈을 떠 봐.
자아, 별!

— 에이, 이건 돌이잖아요.

거봐, 별은 땅에 내려오는 순간
이렇게 시들어 버리지.

별을 손에 쥐고 싶어도
사람들이 참고 또 참는 것은 그래서란다.

1. 이 시에 나타난 '별'의 특징을 정리해 봅시다.

- ⑩ 초승달 가까이서 반짝인다.
-
-

2. 1번 활동을 바탕으로 이 시의 '별'에 담긴 상징적 의미를 생각해 봅시다.

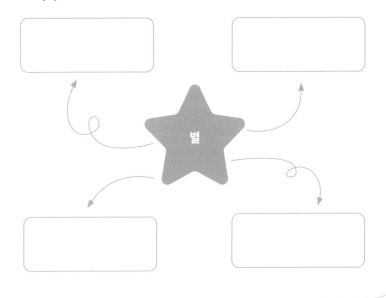

새로운 길

윤동주

내를 건너서 숲으로
고개를 넘어서 마을로

어제도 가고 오늘도 갈
나의 길 새로운 길

민들레가 피고 까치가 날고
아가씨가 지나고 바람이 일고

나의 길은 언제나 새로운 길
오늘도…… 내일도……

내를 건너서 숲으로
고개를 넘어서 마을로

「새로운 길」을 읽고 다음 물음에 답해 봅시다.

1. 이 시에서 다음과 같은 의미를 지니는 시어를 찾아봅시다.

‘나’가 길을 가며 겪는 시련, 고난

‘나’가 도착해야 하는 곳

2. 이 시와 다음 문장의 ‘길’에 두루 담겨 있는 의미를 적어 봅시다.

어제도 가고 오늘도 갈
나의 길 새로운 길

부모님, 드디어
제 길을 정했습니다.

3. 2번 활동을 바탕으로 여러분이 가고 싶은 ‘길’에 대해 생각해 봅시다.

자연물을 자신의 친구로 생각하며 노래한 시조입니다. 각 자연물에 담긴 상징적 의미를 생각하며 작품을 읽어 봅시다.

오우가

윤선도

내 벗이 몇이냐 하니 °수석(水石)과 °송죽(松竹)이라
동산(東山)에 달 오르니 그 더욱 반갑구나
두어라 이 다섯밖에 또 더하여 무엇하리

- 제1수 -

구름 빛이 좋다 하나 검기를 °자로 한다
바람 소리 맑다 하나 그칠 적이 °하노매라
좋고도 그칠 °뉘 없기는 물뿐인가 하노라

- 제2수 -

° 수석: 물과 바위를 아울러 이르는 말.
° 송죽: 소나무와 대나무를 아울러 이르는 말.
° 자로: 자주.
° 하노매라: 많다.
° 뉘: 때.

꽃은 무슨 일로 피면서 쉬이 지고
풀은 어이하여 푸르는 듯 누렇나니
아마도 변치 않음은 바위뿐인가 하노라

- 제3수 -

더우면 꽃 피고 추우면 잎 지거늘
솔아 너는 어찌 눈서리를 모르느냐
°구천(九泉)에 뿌리 곧은 줄을 그로 하여 아노라

- 제4수 -

나무도 아닌 것이 풀도 아닌 것이
곧기는 누가 시켰으며 속은 어이 비었느냐
저렇고 °사시(四時)에 푸르니 그를 좋아하노라

- 제5수 -

작은 것이 높이 떠서 만물을 다 비치니
밤중의 광명이 너만 한 이 또 있느냐
보고도 말 아니하니 내 벗인가 하노라

- 제6수 -

● 구천: 깊은 땅속.
● 사시: 사계절.

「오우가」를 읽고 다음 물음에 답해 봅시다.

1. 시조에 등장한 다섯 가지 벗을 골라 ○ 표시를 해 봅시다.

물   달   꽃   바위   구름   바람   소나무   대나무

2. 다음의 특성을 잘 드러낸 소재를 찾아 써 봅시다.

꿋꿋한 의지를 가진 사람		
한결같이 변함없는 사람		
과묵한 사람		

3. 시조에 등장한 다섯 가지 벗 중 가장 친해지고 싶은 하나를 고르고 그 이유를 말해 봅시다.

• 친해지고 싶은 벗: _____

• 그 이유: _____

_____

아름다운 흉터

이청준

나의 두 손등과 손가락들에는 세 종류의 흉터가 선명하게 남아 있다.

초등학교 1학년 때 첫 소풍을 가기 전날 오후 마음이 들뜨다 못해 *토방 아래에 엎드려 있는 누렁이 놈의 목을 졸라 대다 졸지에 숨이 막힌 녀석이 내 왼손을 덥석 물어뜯어 생긴 세 개의 개 이빨 자국 세트가 하나. 역시 초등학교 5학년 때쯤 남의 산으로 나무를 하러 갔다가 조급한 도둑 톱질 끝에 내 쪽으로 쓰러져 오는 *나무둥치를 피하려다 마른 가지 끝에 손등을 찍혀 생긴 길다란 상처 자국이 그 둘, 고등학교엘 다닐 때까지 방학이 되면 고향집으로 내려가 논밭걷이와 *푸

---

* 토방: 방에 들어가는 문 앞에 좀 높이 편평하게 다진 흙바닥.
* 나무둥치: 나무의 밑동.
* 푸나무: 풀과 나무를 아울러 이르는 말.

나무를 하러 다니며 낫질을 실수할 때마다 왼손 검지와 장지 손가락 겉쪽에 하나씩 더해진 낫 상처 자국이 나중엔 이리저리 이어지고 뒤얽히며 풀려 흐트러진 실타래의 *형국을 이루고 있는 것이 그 세 번째 흉터의 꼴이다.

그런데 나는 시골에서 광주로 중학교 진학을 나오면서부터 한동안 그 흉터들이 큰 부끄러움거리가 되고 있었다. 도회지 아이들의 희고 깨끗하고 부드러운 손에 비해 일로 거칠어지고 흉터까지 낭자한 그 남루하고 못생긴 내 손꼴새라니.

그러나 그 후 세월이 흘러 직장 일을 다니는 청년기가 되었을 때 그 흉터들과 볼품없는 손꼴이 거꾸로 아름답고 떳떳한 사랑과 은근한 자랑거리로 변해 갔다.

"아무개 씨도 무척 어려운 시절을 힘차게 살아 냈구먼. 나는 그 흉터들이 어떻게 생긴 것인 줄을 알지."

직장의 한 나이 든 선배님이 어떤 자리에서 내 손등의 흉터를 보고 그의 소중스러운 마음속 비밀을 건네주듯 자신의 손을 내게 가만히 내밀어 보였을 때, 그리고 그 손등에 나보다도 더 많은 상처 자국들이 수놓여 있는 것을 보았을 때부터였다.

그렇다. 그 흉터와, 흉터 많은 손꼴은 내 어려웠던 어린 시절의 모습이요, 그것을 힘들게 참고 이겨 낸 떳떳하고 자랑스러운 내 삶의 한 기록일 수 있었다. 그 나이 든 선배님의 경우처럼, 우리 누구나가 눈에 보이게든 안 보이게든 삶의

* 형국: 어떤 일이 벌어진 형편이나 국면.

쓰라린 상처들을 겪어 가며 그 흉터를 지니고 살아가게 마련이요, 어떤 뜻에선 그 상처의 흔적이야말로 우리 삶의 매우 단단한 마디요, 숨은 값이라 할 수도 있을 것이기 때문이다.

그렇다면, 그것은 오직 나만의 자랑이나 내세움거리로 삼을 수는 없으리라. 그것은 오히려 우리 누구나가 자신의 삶을 늘 겸손하게 되돌아보고, 참삶의 뜻과 값이 무엇인가를 새롭게 비춰 보는 거울로 삼음이 더 뜻있는 일일 것이다.

이런 생각 속에서도 때로 아쉽게 여겨지는 일은 요즘 사람들 가운데엔 작은 상처나 흉터 하나 지니지 않으려 함은 물론, 남의 아픈 상처 또한 거기 숨은 뜻이나 값을 한 대목도 읽어 주지 못하는 이들이 흔해 빠진 현상이다.

아무쪼록 자기 흉터엔 겸손한 긍지를, 남의 흉터엔 위로와 경의를, 그리고 흉터 많은 우리 삶엔 사랑의 찬가를 함께 할 수 있기를!

「아름다운 흉터」를 읽고 다음 물음에 답해 봅시다.

1. <보기>에서 단어를 골라 '흉터'에 대한 글쓴이의 생각 변화를 정리해 봅시다.

> 놀랍다 두렵다 외롭다 허무하다 부끄럽다
> 기쁘다 유쾌하다 뿌듯하다 자랑스럽다

과거	현재
부끄럽다	

2. 청년이 된 글쓴이의 생각을 중심으로 '흉터'에 담긴 상징적 의미를 말해 봅시다.

나가며: 상징

지금까지 우리는 문학 작품 속에 담긴 상징에 대해 살펴보았습니다. 밤하늘의 별을 따 달라고 조르는 아이와 엄마의 대화가 인상적인 「하늘의 별 따기」에서 별은 '소중하고 아름다운 대상', '아름다운 자연' 등을 뜻했습니다.

「새로운 길」에 등장하는 "어제도 가고 오늘도 갈 / 나의 길 새로운 길"이라는 시구 속의 '길'은 단순히 걸어가는 곳이 아니라 '인생', '삶' 등을 의미했지요.

시조 「오우가」에 등장하는 '물, 바위, 소나무, 대나무, 달'의 다섯 자연물은 인간이 본받을 만한 좋은 품성(변함없음, 꿋꿋한 의지, 과묵함)을 상징합니다.

한편, 손등에 난 흉터에 얽힌 추억과 생각의 변화를 고백한 수필 「아름다운 흉터」에서 흉터는 부끄러운 과거가 아닌 힘든 삶을 참고 이겨 낸 자부심을 의미했습니다.

여러분은 어떤 상징이 가장 기억에 남나요? 별이든 길이든 자연이든 흉터든 작품의 제목을 듣고 마음속에 떠오르는 이미지나 관념이 있다면 여러분은 상징을 제대로 이해한 것입니다.

이제부터는 문학 작품을 읽을 때 작가가 숨겨 놓은 대상의 상징적 의미를 찾아내 보세요. 보물찾기를 하듯 독서를 즐길 수 있을 거예요!

2부

함께 자라는 우리

성장

들어가며

여러분의 기억에 인상 깊게 남아 있는 문학 작품 속 등장 인물이 있나요? 어떤 점에서 기억에 남았나요? 그 인물이 여러분에게 어떤 영향을 주기도 했나요?

우리는 문학 작품을 읽으며 인물들의 삶을 간접적으로 경험합니다. 그러면서 **성장**하는 인물을 통해 문학의 가치를 발견하고, 이를 바탕으로 우리의 삶을 돌아보고 성찰하기도 하지요.

영국의 판타지 소설 『해리 포터』를 읽어 본 적이 있나요? 이 소설은 부모님을 잃고 이모네 가족과 지내던 해리가 마법 학교인 호그와트에 입학하면서 겪는 일들을 다루고 있어요. 해리는 호그와트에서 만난 친구들과 함께 악당에 맞서면서 사춘기를 겪고 성장해 가지요. 독자들은 이 이야기를 읽으며 해리의 마음에 공감하며 울고 웃고 때로는 해리의 잘못된 선택을 비판하며 안타까워하죠. 그러면서 자연스레 '내가 해리라면 어땠을까?' 하고 나 자신에 대해 생각해 보는 기회를 가집니다.

이처럼 우리는 문학 작품을 읽으며 인간과 세계를 폭넓게 이해하고 다양한 삶의 모습과 방식을 접하면서 바람직하고 가치 있는 삶에 대한 깨달음을 얻기도 하지요.

2부에서는 인물이 자신의 고민과 어려움을 해결하며 성숙해지는 모습이 담긴 다양한 작품들을 만날 수 있어요. 자, 그럼 작품을 감상하며 인물의 성장을 발견하고 여러분의 삶에도 적용해 볼까요?

● 작품 한눈에 보기

옥수수 뺑소니

박상기

딱!

"아! 너 잡히면 죽는다!"

재준이의 뒤통수를 강타하자, 녀석의 고함과 쌍시옷 소리가 짜릿하게 귓속으로 파고들었다. 장난을 걸었을 때 나오는 최고의 반응이다. 어김없이 녀석이 짧은 다리로 열심히 페달을 밟으며 쫓아왔다. 이렇게 자전거로 신나게 달리면 이십 분 걸리는 하굣길이 금방이다.

"야, 이 뺑소니, 게 섰거라!"

잡히지 않는 나도 대단하지만 이 년째 한결같이 쫓아오는 녀석의 근성도 눈물겹다.

녀석과는 어릴 때부터 친구였는데 교복을 입은 뒤로는 웬만해서 자전거로 지지 않았다. 내 것은 상표 없는 일 단짜리 고물이지만, 녀석의 이십일 단 자전거에 기죽지 않는 이유다.

"삼 단 부스터 발진!"

간격이 좁혀지지 않자 재준이가 내뱉은 말이었다. 유치한 녀석, 그냥 기어를 변속했다고 말할 것이지. 네가 그래서 발전이 없는 거라니까!

혁, 그런데 진짜 거리가 좁혀지잖아? 녀석의 목소리가 점점 가까워졌다.

"잡히면 백 대 처맞는다!"

숨넘어가는 고함 소리에 뒤를 보니 벌써 닿을 듯한 거리였다. 시뻘건 얼굴에 튀어나온 핏줄, 사악하게 웃는 녀석의 얼굴이 꼭 염라대왕 같았다. 이 자식, 오늘따라 무섭네? 발전했잖아!

짜악!

순간 등이 번쩍했다. 따라잡혀 한 대 맞은 것이다. 으아, 등이 불타오른다!

이렇게 된 이상, 체면을 차릴 처지가 아니었다. 나는 일어서서 온몸으로 페달을 밟기 시작했다. 일 단짜리 자전거로 녀석에게 맞설 수 있는 최후의 수단이었다.

잠시 재준이와 벌어지는 것 같더니 다시 점점 가까워지기 시작했다. 등은 여전히 화끈거렸다. 또 얻어맞을 생각을 하니 *간담이 서늘해졌다. 이건 자존심이 걸린 문제다. 머리고 등짝이고 연신 얻어터지기 전에 나만의 솜씨로 녀석의 코를 납작하게 해 주어야 한다.

* 간담이 서늘하다: 몹시 놀라서 섬뜩하다.

다시 내 뒷바퀴와 녀석의 앞바퀴가 마주치려는 찰나, 브레이크를 잡으며 왼쪽으로 급히 꺾었다. 그런데,

빠아아앙!

갑자기 트럭 경적 소리가 뒤통수를 찔렀다. 그와 동시에 끼익 소리가 나며 트럭이 내 옆을 스쳤다. 나는 화들짝 놀라 핸들을 급히 오른쪽으로 틀었다. 하지만 당황한 나머지 너무 크게 꺾고 말았다.

"어어, 야!"

*사색이 된 재준이의 목소리와 동시에 나는 보호 난간을 들이받고 넘어졌다. 자전거에서 떨어져 데굴데굴 굴렀다. 순식간에 벌어진 일이라 정신이 하나도 없었다.

"학생! 괜찮아?"

쇠뚜껑 깨질 듯이 쩽쩽한 목소리가 멀리서 들려왔다. 어느새 아저씨가 차를 *갓길에 세우고 이쪽으로 뛰어오고 있었다. 나는 상체를 일으켜 세웠다.

"일어나지 말고 누워 있어, 학생!"

창피해 죽겠는데 여기에 누워 있으라니. 나는 멀쩡하다는 것을 증명하기 위해 일부러 벌떡 일어섰다. 풀숲에 굴러서 그런지 까진 곳 하나 없었다.

오십 미터를 넘게 뛰어온 아저씨가 헐떡이며 도착했다.

---

* 사색: 죽은 사람처럼 창백한 얼굴빛.
* 갓길: 고속 도로나 자동차 전용 도로 따위에서 자동차가 달리는 도로 폭 밖의 가장자리 길.

생각보다 덩치가 컸다.

"아픈 데 없니?"

"예."

"어지럽진 않고?"

"괜찮은데요."

질문을 뿌리치려고 반사적으로 짧은 대답이 튀어 나갔다. 재준이가 어느새 내 자전거를 옆에 세워 놓았다. 자전거도 별 이상은 없는 것 같았다.

"그래도 병원에 한번 가 봐야지."

"아, 진짜 괜찮다니까요."

"괜찮은지는 지금 모르는 거야. 내일 되면 아플 수도 있어."

큰 덩치와 달리 순한 인상을 가진 아저씨가 머리를 긁적였다. 그러고는 품에서 휴대 전화를 꺼냈다. 딱 봐도 옛날 폴더 폰인데 *도금이 벗겨져 무지 낡아 보였다.

"학생, 핸드폰 번호 좀 불러 줘."

이 아저씨가 내 아픈 곳을 건드리다니.

"없는데요."

아저씨가 날 위아래로 쳐다보았다. 중학생인데 핸드폰이 없다고 하니, 거짓말이 아닌지 살피는 눈치였다. 이봐요, 아저씨가 들고 있는 폴더 폰이 더 거짓말 같거든요?

"그럼 집 전화번호라도 알려 줘."

* 도금: 금속이나 비금속의 겉에 금이나 은 따위의 금속을 얇게 입히는 일.

나는 마지못해 이름과 번호를 불러 주었다. 아저씨가 번호를 저장하는 데 한참 걸렸다. 나와 재준이는 아저씨의 낡은 핸드폰만 멍하니 바라보았다.

"학생, 여기 잠깐 있어 봐."

아저씨가 트럭으로 냅다 뛰기 시작했다. 트럭까지 오십 미터쯤이니까 왕복 백 미터. 더운 날씨에 아저씨도 고생이다.

"야, 저 아저씨 옥수수 장사하나 본데?"

재준이 말을 듣고서야 트럭에 눈길이 갔다. 핸드폰만큼이나 낡은 일 톤 트럭인데 짐칸을 포장마차로 개조해 쓰고 있었다. 빛바랜 현수막에는 '삶은 옥수수, 영양 계란빵 세 개 이천 원' 이렇게 쓰여 있었다. 아저씨가 다시 헐레벌떡 뛰어 왔다.

"헉, 헉……. 학생, 이거 받아."

메모지였다. 아저씨 이름과 핸드폰 번호가 적혀 있었다. 다른 어른들은 폼 나게 명함을 주던데 그런 것도 없나 보다.

"내가 지금 급한 일 때문에 가 봐야 할 것 같아. 학생, 나중에라도 혹시 아프면 이리로 꼭 연락 줘. 알았지?"

아저씨의 쩔쩔매는 표정을 보니 무슨 급한 일이 있는 것 같았다. 나는 속으로 '연락 안 해요!'라고 외치고 입으로는 "네." 하고 말했다.

"꼭 연락 줘!"

아저씨는 손을 귀에 대며 통화하는 시늉을 보이고는 트럭으로 뛰어갔다. 꼭 내가 아파서 전화하길 바라는 것 같다.

"그래도 나쁜 사람은 아니네."

재준이가 자전거에 올라타며 말했다.

"그래, 나쁜 사람은 아니지, 이 나쁜 놈아! 너 때문에 이게 뭐냐."

장난과 원망이 섞인 내 말에 재준이 녀석은 그저 씩 웃었다.

삐익, 우우우웅!

이것은 헤어드라이어 소리가 아니다. 내 컴퓨터 부팅 소리다. 작년에 중학교 입학할 때 학교에서 받은 건데 어디서 이런 할아버지 컴퓨터를 구해다 줬는지 모르겠다. 부팅도 엄청 오래 걸려서, 집에 오자마자 전원 버튼을 누르면 평상복으로 갈아입은 후에야 켜진다.

그래도 웬만한 게임은 다 돌아가고, 인터넷 요금도 학교에서 내 준다. 나는 작년부터 온라인 게임을 실컷 할 수 있게 되었다. 적어도 엄마 아빠가 퇴근하는 일곱 시까지는.

게임 할 땐 꼭 타임머신을 타는 것 같다. 가끔씩 시계를 보면 성큼성큼 지나 있는 시간에 깜짝깜짝 놀란다. 일곱 시가 다가오면 점점 속이 쓰리다.

때르르릉 때르르릉.

계속 지다가 모처럼 이기고 있는 이때, 마지막으로 영혼을 불사르던 바로 이 순간에 전화벨이 울렸다. 짜증이 밀려왔다. 그냥 받지 말아 버릴까?

잠깐, 만약 엄마 전화라면? 그랬다가는 난리 날 거다. 지난번처럼 컴퓨터를 창고로 치워 버리는 재난 사태가 벌어질 수도 있다. 치사해도 받아야 한다.

"여보세요."

"거기, 김현성이라는 애 집 맞습니까?"

아, 쨍쨍한 목소리. 아까 그 옥수수 트럭 아저씨다. 괜히 받았다.

"부모님 아무도 안 계시니?"

"네."

"언제쯤 들어오셔?"

"몰라요."

"그럼 부모님 전화번호라도……."

"일할 땐 못 받으시는데요."

거짓말이 영 점 이 초 만에 바로바로 튀어 나갔다. 가만 보면 나도 머리가 좋다. 그런데 성적은 왜 그 모양일까.

"집에 가서 보니 다친 데는 없었고?"

아, 이 아저씨 되게 눈치 없네. 내가 수화기를 붙들고 있는 지금, 분신과도 같은 내 캐릭터는 가만히 선 채로 계속 얻어맞고 있단 말이다!

"부모님 오시면 꼭 연락 달라고 전해 줘."

"네!"

투욱.

아저씨 말이 끝나자마자 수화기를 내리꽂듯이 놓아 버리고는 방으로 달려갔다. 내 분신아, 반드시 살아 있어야 한다!

아아…… 젠장. 드러누웠네. 이번 판은 이길 수 있는 절호의 찬스였는데! 날 눕힌 것도 모자라서 내 캐릭터까지 눕혀? 정말로 도움이 안 되는 아저씨다.

팡, 팡, 팡!

같은 물건이 세 개 모이면 터져 없어진다. 이거 스트레스 제대로 풀리는 게임이다.

재준이에게 사정사정해서 스마트폰을 빌렸다. 어제 자기 때문에 사고가 난 것이 미안했는지, 생명과도 같은 물건을 내게 건네줬다. 물론 녀석이 학원을 마치면 돌려주는 조건이었지만.

요새 '팡팡팡'이라는 게임이 유행인데, 나만 스마트폰이 없어서 친구들 대화에 끼질 못했다. 게임을 마스터하는 건 물론, 랭킹까지 올려서 확실히 눈도장을 찍을 작정이었다.

엄마가 시킨 심부름을 하느라 마트로 향하는 길에도 팡팡연타는 계속되었다. 이십만 점을 넘으면 랭킹에 들 수 있는데 될 듯하면서도 안 됐다. 살짝 약이 오르기 시작했다.

익히 아는 골목이라 앞도 안 보고 계속 게임에 몰두했다. 이제 이 골목길만 지나가면 제법 큰 마트가 나온다.

오만 점, 십만 점, 십오만 점……. 이번 판은 점수 쌓이는 게 예사롭지 않다. 남은 제한 시간은 십 초. 잘하면 랭킹 안에 들 수 있을 것 같다.

오오, 이십만 점! 점점 빠져들었다. 이 공간에 게임 속 물건들과 나만 있는 것 같았다. 경쾌한 효과음이 나의 최고 점수를 예고하는 순간이었다.

바로 그때, 옆에서 불빛이 번쩍했다. 고개를 돌리자마자 검은 자동차가 날 덮쳤다.

끼이이익, 텅!

*굉음과 함께 엄청난 충격이 전해졌다. 하늘과 땅이 몇 번 바뀌었는지 모르겠다. 몸에서 영혼이 분리되는 느낌이었다. 먼지가 얼굴을 덮고 머리는 빙빙 돌았다.

"야, 인마! 어딜 보고 다니는 거야?"

정신을 차려 보니, 선글라스를 쓴 아저씨가 팔짱을 낀 채로 내 앞에 서 있었다. 아, 여기 골목 삼거리였구나.

어제 사고 났는데 오늘 차에 또 치이다니! 나는 창피한 나머지 자리에서 벌떡 일어섰다. 하지만 어제와 달리 핑글핑글 머리가 어지럽고, 다리도 후들거렸다.

그래도 아프다고 말하긴 싫었다.

"아, 저, 괘, 괜찮아요!"

"정말 괜찮아?"

"네, 네!"

선글라스 아저씨는 내 몸을 위아래로 훑어보았다. 까만 안경알 뒤로 무슨 생각을 하고 있는지 알 수가 없었다.

"안 괜찮은 것 같은데?"

"아니에요. 어제도 사고 났는데 멀쩡했어요."

---

* 굉음: 몹시 요란하게 울리는 소리.

"뭐? 자랑이다, 인마."

아저씨가 피식 헛웃음을 내뱉었다.

"네가 잘못한 거 알지? 길을 갈 때는 항상 주변을 살피란 말이야."

"네."

여기까지 말한 아저씨가 갑자기 요리조리 주위를 살폈다. 왜 그러나 싶어 나도 주위를 둘러보니 아무도 없었다. 아저씨가 승용차에 급히 타면서 말했다.

"앞으로 조심해라!"

부우웅!

선글라스 아저씨 차가 출발했다. 뭔가 좀 이상했다. 중요한 게 빠진 것 같은데 그게 뭐였더라? 아, 연락처!

이미 출발한 뒤라 늦었다. 그렇다면 차 번호라도 외워 둬야지! 어디 보자, 이십칠 라에, 어어? 방향을 꺾어서 사라졌다. 젠장…….

골목길이 허전해졌다. 기분이 영 찜찜했다. 이제야 팔꿈치랑 옆구리가 쓰라려 오기 시작했다. 이러고 있을 때가 아닌데. 재준이 스마트폰은 어디 있지?

나는 어둑어둑해진 골목길을 휘휘 둘러보며 떨어뜨린 스마트폰이 어디 있는지 살폈다. 저기 있네! 생각보다 금방 찾았다.

그런데…….

망했다. 재준이의 스마트폰 액정에 대각선으로 금이 쫙

가 버렸다. 이제 어떡하지? 이거 수리비 장난 아닐 텐데. 이번 주 정말 *재수 옴 붙었다.

집에 와서 옷을 벗어 보니 역시나 옆구리가 넓게 까져 피가 묻어 나왔다. 그런데 살갗보다도 마음이 쓰라려 죽겠다. 이거 아빠한테 얘기하면 맞아 죽을 거다.

선글라스 아저씨도 진짜 황당하다. 왜 나한테만 그러지? 자기도 조심하지 않았잖아! 괜찮은 척했다고 그냥 가면 어떡해? 생각하면 할수록 짜증 났다.

깨진 스마트폰과 얄미운 선글라스 아저씨가 번갈아 내 마음을 후벼 팠다. 그럴수록 힘이 빠졌다. 독해야 손해를 안 본다는 아빠 말이 맞는 것 같았다.

어떻게 해야 할지 생각해 보았다. 차 번호를 몰라서 경찰서에 신고해 봐야 별 소용이 없을 것 같았다. 그러면 '교통사고 목격자를 찾습니다.'라고 써 붙이는 방법이 있는데, 주변에 아무도 없었다는 사실이 문제였다. 게다가 내가 많이 다친 것도 아니고……. 생각하면 할수록 골치 아팠다.

나는 온갖 잡생각을 하며 몸을 다 씻고 수건을 두른 채 부엌으로 나왔다. 식탁 위에 쫙 깨진 스마트폰이 보였다. 다시금 정신이 아찔해졌다. 날 보고 "책임져!"라고 외치는 것 같았다.

책임질 사람은 도망갔는데 나더러 어쩌라는 건지 모르겠

* 재수 옴 붙다: 재수가 아주 없음을 이르는 말.

다. 이대로 나만 *덤터기 쓸 수는 없었다. 나도 당한 만큼 돌려줘야 직성이 풀릴 것 같았다. 그렇다면…….

그 순간, 어떤 생각이 번쩍 떠올랐다. 나는 조심스레 교복 바지의 뒷주머니를 뒤졌다. 두 번 접힌 메모지가 나왔다. 펼쳐 보니 옥수수 아저씨의 연락처가 보였다. 침을 꿀꺽 삼켰다.

다시 깨진 스마트폰을 바라보았다. 누군가에게 보상받지 못하면 내가 물어 줘야 한다. 이 사실을 떠올리자 망설임이 줄어들었다. 나는 집 전화로 옥수수 아저씨의 번호를 하나씩 누르기 시작했다. 손가락이 미미하게 떨렸다.

뚜루루루 뚜루루루.

신호가 가는 동안 나는 연거푸 심호흡을 했다.

"여보세요."

"아…… 아저씨, 전데요."

내 말 뒤에 잠시 침묵이 흘렀다. 곧이어 쩽쩽한 목소리가 들렸다.

"오! 어제 자전거 탔던 학생?"

"……네."

"무슨 일이야? 많이 아파?"

"그게, 저……."

"왜 그래? 아프면 솔직히 말해."

아저씨의 재촉이 서글펐다. 나는 액정의 균열을 바라본 채 입술을 악물었다.

---

* 덤터기: 남에게 넘겨씌우거나 남에게서 넘겨받은 허물이나 걱정거리.

"저…… 나중에 알았는데요. 집에 와서 보니 핸드폰이 깨져 있었어요."

"뭐라고? 학생, 핸드폰 없다며?"

"그러니까, 친구 건데요. 제 가방에 있었어요. 어제 보셨죠? 저랑……."

"아아, 같이 자전거 탔던 친구?"

"네, 네에."

다시 정적이 흘렀다. 내 말을 듣고 지금 무슨 생각 중일까? 가슴이 마구 뛴다. 아저씨가 잠시 후에 한마디 했다.

"몸은 이상 없고?"

"네에. 살짝 까져서 쓰라리긴 한데, 이 정도는…… 하하."

으윽, 왠지 말투가 비굴하게 나갔다. 이러다 의심받는 건 아니겠지.

"그래, 아저씨가 일 마치는 대로 들를게. 학생 주소가 어떻게 되지?"

나는 아저씨에게 °고분고분 집 주소를 불러 주었다.

"야 인마, 너는 맨날 게임질이냐?"

깜짝 놀랐다. 우리 엄마 아빠 °인기척이 없어서 늘 게임 하다 들키고 만다. 자동차가 있으면 그 소리로 알아듣겠는데, 그냥 들이닥친다. 초인종 있는 우아한 집에서 살고 싶다.

● 고분고분: 말이나 행동이 공손하고 부드러운 모양.

● 인기척: 사람이 있음을 알 수 있게 하는 소리나 기색.

"이번 판만 하고 끝내려고 했어요."

사실이었다. 일곱 시부터 시작하는 판은 무조건 마지막 판이다. 끝나도 부모님이 안 오니까 자꾸 °번복돼서 그렇지만.

"어머나! 이게 뭐야?"

화장실에서 화들짝 놀란 엄마의 목소리가 들렸다. 생각해 보니 아까 피 묻은 러닝셔츠를 대야에 담가 놓고 그냥 나왔다. 놀랄 만했겠다.

"김현성!"

"아, 왜!"

"이거 어쩌다 이런 거야?"

벽 하나를 건너 들려오는 엄마 말투에 가시가 있었다. 날 위한다기보다는 어디서 칠칠맞지 못하게 굴다가 다쳤느냐고 묻는 것 같았다. 순간 신경질이 났다.

"나, 차에 치였거든! 그 정도만 다친 걸 다행인 줄 알아."

나는 과시하듯이 말했다.

"도대체가 아들이 다쳤다는데 걱정을 안 해요, 걱정을."

그때, 아빠가 부엌에서 튀어나왔다.

"뭐, 뭐 인마! 차에 치였다고?"

이건 무슨 상황이지. 뭔가 분위기가 이상했다. 엄마도 심각한 얼굴로 물어봤다.

"언제 그랬어?"

오늘이라고 하면 이따 오는 옥수수 트럭 아저씨가 설명이

° 번복되다: 이리저리 뒤쳐져 고쳐지다.

안 되는데.

"어, 어제."

"어제? 그런데 왜 얘기 안 했어, 인마!"

아빠 목소리가 더 높아졌다. 풀 수 없는 매듭이 마구 엉키는 느낌이 들었다.

"어젠 참을 만했는데……."

"참을 게 따로 있지. 차 사고 난 걸 하루 지나도록 말 안 하면 어떡해!"

엄마가 인상을 잔뜩 찌푸렸다.

아빠가 얼음장 같은 목소리로 내게 물었다.

"누가 그랬어?"

차마 옥수수 트럭 아저씨라고 내 입으로 덮어씌울 수가 없었다.

"누가 그랬냐고!"

천장이 들썩일 정도로 큰 고함에 내 몸이 바짝 쪼그라들었다.

"이따 일 마치고 들른다고 했어요."

"뭐? 일을 마치고 와? 뺑소니 새끼가 어디 사람 목숨 귀한 줄 모르고!"

착한 아저씨한테 뺑소니 새끼라니.

"온다고 했으니까 그러지 마요."

아빠가 내 변호에 아랑곳없이 씩씩거렸다. 그리고 나서 잠시 후였다.

똑똑똑.

"계십니까?"

쨍쨍한 목소리, 옥수수 트럭 아저씨다. 하필 이 순간에! 타이밍이 안 좋은 쪽으로는 최고다. 엄마가 문을 열었다.

"이 사람이야?"

아빠는 눈을 번뜩이며 내게 물었다. 나는 차마 말로는 대답하지 못하고 고개만 끄덕였다. 아빠가 곧장 총알처럼 튀어 나가 아저씨의 멱살을 잡았다.

"야, 이 새끼야! 사람을 쳤으면 바로 병원에 데려갔어야 할 것 아냐!"

"아, 저……."

아저씨는 크게 당황해서 뭔가 말하려고 했다. 하지만 아빠는 틈을 주지 않았다.

"피 묻은 옷을 애 혼자 빨게 놔둬? 콩밥 먹을 줄 알아, 이 뺑소니 새끼야."

아저씨를 감싸 주고 싶었지만 입이 떨어지지 않았다. 멱살 잡힌 아저씨가 날 봤다. 나는 외면했다.

결국 나는 입원했다. 난생처음이었다.

팔다리가 부러지거나 심각한 병일 때만 입원하는 줄 알았다. 그런데 [•]전치 이 주로 드러누웠다. 몸이 멀쩡한데도 말이다. 이 정도가 입원이면 지금까지 백 번도 넘게 했어야 한다.

• 전치: 병을 완전히 고침.

아빠는 어젯밤 무조건 날 입원시키면서 당분간 꼼짝 않고 누워 있으라고 했다. 황금 주말이 다 날아갔다. 깁스도 없이 입원이라니 왠지 폼이 안 난다.

똑똑똑.

병실 문이 열렸다. 안에 있던 환자들이 모두 쳐다보았다. 친구 재준이였다.

"여어, 왔냐."

"어. 너희 부모님은?"

"나갔지. 주말에도 바쁘시잖냐."

그 말에 재준이가 반색하며 내 옆에 앉아 촐싹거리기 시작했다.

"너 입원까지 할 정도였냐?"

"아니, 조금 다쳤어. 나도 쪽팔리고 답답해 죽겠다, 야."

나랑 재준이는 그 뒤로 한참을 노닥거렸다. 그렇게 십 분쯤 지났을까.

"야."

재준이 목소리가 심각해졌다. 나는 녀석이 본론을 말할 것을 눈치챘다.

"십오만 원 나왔다."

"뭐가? 스마트폰 수리비가?"

재준이는 고개만 끄덕거렸다. 친구인 나한테 그 돈을 달라고 차마 입으로 말하지 못할 뿐이었다. 녀석은 우리 집 형편을 뻔히 다 알았다.

"야, 걱정하지 마. 물어 줄게!"

말은 이렇게 했지만 솔직히 나도 내 돈으로 물어 줄 *엄두가 나지 않았다. 십오만 원이 뉘 집 똥개 이름도 아니고.

재준이 녀석은 볼일이 끝나자 일어섰다.

"푹 쉬고, 월요일에 못 나오면 얘기해라. 내가 선생님한테 말해 줄게."

"다음엔 먹을 것 좀 사 와라, 인마."

내가 작별 인사 대신 쏘아붙이자, 녀석이 씩 웃고는 사라졌다.

십오만 원을 어떻게 해결해야 할까. 나는 침대에 앉아 고민했다. 그때 바로 옆에 누워 있던 할아버지가 말을 걸었다.

"학생은 운동하다 다쳤남?"

"아뇨, 교통사고요."

"그럼 꼼짝 말고 누워 있어야 혀. 그래야 합의금도 받는 거여."

순간 귀가 번쩍 뜨였다.

"합의금요?"

"고럼, 학생 일주일만 누워 있으면 오십만 원 넘게 받어."

아빠한테는 듣지 못했던 말이었다. 나는 궁금한 것을 더 물어보았다.

"그럼 이 주 동안 입원하면요?"

할아버지는 전문가라도 된 양 진지하게 인상을 찌푸렸다.

---

* 엄두: 감히 무엇을 하려는 마음을 먹음. 또는 그 마음.

"뭐, 백만 원 가까이 받겠네."

백만 원! 머리가 띵해졌다. 그 돈이면 재준이 수리비를 갚고도 많이 남는다. 고물 컴퓨터를 최신형으로 바꿀 수도 있겠다. 아니면 스마트폰을 장만할까?

그때 맞은편에 있던 대학생 형이 할아버지의 말에 딴죽을 걸었다.

"에이, 그건 직장인 얘기죠. 쟤는 학생이라 빨리 퇴원해야 돈 더 줘요."

나랑 똑같이 교통사고로 입원한 형이었다. 아마도 더 잘 알 것 같았다.

"아, 그게 그런가? 어째 그런 겨?"

할아버지와 대학생 형의 반쯤 알 수 없는 이야기가 오갔다. 분명한 건 드러누우면 일단 합의금이 나온다는 사실이었다. 나머지는 아빠가 알아서 하실 거였다.

딱딱했던 침대가 푹신하게 느껴졌다. 이 주일쯤 너끈히 버틸 수 있을 것 같았다. 학교도 안 가고 일석이조였다. 당장 핸드폰 대리점으로 달려가고 싶었다. 괜스레 미소가 지어졌다.

똑똑똑.

백만 원의 환상에 빠져 한참을 허우적거리던 그때, 노크 소리와 함께 병실 문이 열렸다. 환자들이 모두 쳐다보았다.

촌스러운 옷차림, 커다란 덩치, 순한 얼굴. 다름 아닌 옥수수 트럭 아저씨였다!

아저씨가 입가에만 미소를 띤 채로 내 옆에 섰다. 나도 모르게 시선을 피했다. 눈을 마주칠 수 없었다. 어젯밤 멱살을 잡혔던 아저씨의 모습이 떠올랐다. 갑자기 공기가 답답해졌다.

"많이 괜찮아졌니?"

"네."

아저씨가 물끄러미 날 바라보다가 검은 봉지를 내밀었다.

"자, 출출할 때 먹어."

꾸벅 인사하고 받아 보니 뜨끈뜨끈했다. 아무래도 옥수수 같았다. 아저씨는 계속 *겸연쩍게 웃고만 있었다.

"학생, 미안해."

"네?"

"그저께 바로 병원으로 데려갔어야 했는데 그러질 못했어."

"아, 아니에요!"

"내 머리가 어떻게 됐었나 봐. 미안해."

자기가 진짜 뺑소니를 친 것처럼 말했다. 어쩌면 잘된 건지도 몰랐다.

그리고 한동안 침묵이 흘렀다. 서로 아무 말도 않고 있으니 무척 어색했다.

삐리리리 삐리리리.

그때 마침 아저씨의 핸드폰이 울렸다. 아저씨가 낡디낡은 핸드폰을 꺼냈다.

"어, 여보."

* 겸연쩍다: 쑥스럽거나 미안하여 어색하다.

부인인 것 같았다. 통화를 나누는 아저씨 말투엔 다정함과 다급함이 섞여 있었다.

"뭐라고?"

갑자기 아저씨가 당황해하면서 주위의 눈치를 살폈다. 나와도 눈이 한 번 마주쳤다. 내게 잠시 기다려 달라고 눈짓하고는 병실 바깥으로 나갔다. 무슨 일인지 살짝 궁금해졌다.

일 분쯤 지났을까. 옆의 할아버지가 담배와 링거를 들고 어슬렁어슬렁 병실 밖으로 나갔다. 에어컨 틀었는데 문을 안 닫았다. 아, 저 할아버지 진짜…….

복도의 어수선한 잡음이 크게 들려오기 시작했다. 다른 환자들은 아무도 신경 쓰지 않는 분위기였다. 나는 눈살을 찌푸리며 문 열린 쪽을 바라보았다.

아저씨가 보였다. 문 옆에 뒤돌아서서 굳은 자세로 통화하고 있었다.

뒷모습을 보니 핸드폰만 낡은 게 아니었다. 빛바래고 목이 늘어난 티셔츠, 쭈글쭈글하고 헐렁한 반바지, 낡은 운동화를 구겨 신은 모습…….

주의를 기울이자 쩡쩡한 아저씨 목소리도 간간이 들리기 시작했다. 어느 순간 '중환자실'이라는 말이 들렸다. 뒤이어 '산소 호흡기'도 알아들었다. 이거 설마 내 얘기는 아니겠지?

여기까지 파악했을 때 아저씨가 통화를 끝내고 다시 병실로 들어왔다. 나는 텔레비전을 보는 척하다 아저씨가 다가

올 때 자연스럽게 쳐다보았다.

아저씨 표정이 아까보다 더 어두워졌다.

"학생, 미안한데 오래 못 있겠어."

"왜요, 무슨 일 있어요?"

아저씨는 탄식이 섞인 한숨을 뱉었다.

"늦둥이 아기가 있는데, 많이 아파."

"아…… 아기요? 어디가 아픈데요?"

"천식. 응급실 자주 가는데, 이번엔 심각한가 봐. 방금 중환자실로 옮겼대."

"……."

"사실, 학생이랑 사고 났을 때가 아기 상태 심각하대서 장사 접고 달려가던 참이었어. 그땐 너무 정신없어서 연락처만 남겼던 거야."

아저씨의 말에 아무런 대꾸도 할 수가 없었다. 갑자기 머리가 혼란스러웠다. 왠지 선글라스 아저씨가 이 광경을 봤다면 나를 실컷 비웃을 것 같았다.

"학생 이름이 현성이라고 했지?"

"네? 아, 네."

"현성아, 아빠한테 잘 좀 말해 줘. 아까 오면서 통화했는데, 나를 뺑소니로 고소하겠대. 내가 그래도 노력했잖니?"

"……네, 맞아요."

이 아저씨가 뺑소니라니. 아빠는 한술 더 뜨고 있었다. 서글프게 웃는 아저씨를 보니 내 마음이 아려 오기 시작했다.

아저씨가 주머니를 주섬주섬 뒤지고는 무언가를 꺼내어 내게 내밀었다.

"급하게 오느라 음료수도 못 사 왔네. 나중에 맛있는 거라도 사 먹어."

만 원짜리 지폐였다. 그것도 땀에 절어 쭈글쭈글 시든 배춧잎이었다.

"아, 아니에요. 괜찮아요!"

"괜찮긴, 어서 받아."

아저씨가 뿌리치는 내 손을 꼭 붙잡고는 손바닥에 만 원을 쥐여 주었다. 나는 잡힌 손을 어색하게 바라보았다.

그런데 이상했다. 아저씨가 그 상태로 한참 동안 내 손을 놓아 주질 않는다.

"우리 아들 도원이가 이렇게 건강하게만 자라 주면 소원이 없겠는데……."

이 말을 하고 나서야 꼭 잡았던 손을 놓아 주었다. 평소라면 짜증 냈을 텐데, 시름에 깊이 잠긴 목소리 때문에 그럴 수가 없었다. 내 손엔 아직 아저씨의 따뜻한 기운이 남아 있었다.

"몸조리 잘하고 나중에 또 보자."

아저씨가 순박하게 웃으며 손을 흔들었다. 나는 그저 말 없이 고개만 꾸벅했다.

아저씨의 인기척이 완전히 사라진 뒤에, 검은 봉지를 열어 보았다. 안에 옥수수와 계란빵이 가득 들어 있었다. 그중에서 가장 먹음직스러워 보이는 옥수수를 꺼내 들었다. 손에 쥐어 보니 뜨끈뜨끈했다. 내 손바닥을 꼬옥 잡아 줬던 아저씨의 손과 느낌이 비슷했다.

옥수수를 한입 베어 먹어 보았다. 차지고 쫄깃쫄깃한 옥수수 알갱이가 입안에서 돌아다녔다. 달콤하고 고소했다.

문득 아저씨의 허름했던 뒷모습이 떠올랐다. 그러자 아저씨가 생계를 꾸려 나가는 모습이 자연스럽게 그려졌다.

오늘도 나가서 열심히 옥수수를 팔겠지. 늦둥이 병원비 마련하느라 자기는 옷이나 신발도 못 샀을 거다. 당연히 스마트폰은 꿈도 못 꾸고.

또 다른 내 손엔 만 원짜리 한 장이 들려 있었다. 꼬깃꼬깃 볼품없는 지폐였다. 아저씨가 옥수수 몇 개를 팔아야 이걸 버는 걸까? 오늘도 여기저기 수습하느라 하나도 못 판건 아닐까? 점점 입안의 옥수수 감촉이 불편해졌다.

어쩌면 지금 나는 옥수수가 아닌, 가진 것 없는 아저씨의 살점을 뜯었는지도 모른다.

정신이 번쩍 들었다. 주위를 한번 둘러보았다. 이 병실에는 아파서 들어온 환자만 있는 게 아니었다. 안 그러면 대학생 형이 저렇게 병실을 자주 비울 리가 없었다. 그런데 돌아와 환자복만 입으면 신기하게도 죽은 사람처럼 누워 있었다.

그건 나도 마찬가지였다. 나 역시 죽어 있었다. 그 대가로 백만 원을 받는 것이었다. 한번 죽은 척하고 성능 좋은 컴퓨터와 멋진 스마트폰을 장만할 계획이었다.

그런데 정말 죽을지도 모르는 사람이 생각났다. 옥수수 아저씨의 늦둥이 아기였다. 산소 호흡기를 쓰고 힘겹게 숨 쉬는 그 녀석은 진짜였다. 내 손에 들린 옥수수는 아직 따뜻했다.

나는 곧바로 자리에서 일어났다. 그리고 재빨리 평상복으로 갈아입었다.

밖으로 급하게 뛰어가다가 복도에서 옆자리 할아버지와 마주쳤다.

"학생, 어디 가는 겨?"

나는 들은 체도 하지 않고 계속 달려 병동 밖으로 뛰쳐나왔다.

옥수수 아저씨, 선글라스 개새끼, 부모님, 재준이가 번갈아 떠올랐다. 미쳐 버릴 것같이 숨이 가빴다. 누구든 먼저 마주치면 이 기분을 다 쏟아 낼 것이다.

내 손이 뜨겁게 달아올랐을 즈음, 저 멀리 빛바랜 현수막이 눈에 들어왔다.

'삶은 옥수수, 영양 계란빵 세 개 이천 원.'

「옥수수 빵소니」를 읽고 다음 물음에 답해 봅시다.

1. '나'가 옥수수 아저씨에게 거짓말을 하게 된 이유를 적어 봅시다.

2. 옥수수 아저씨의 병문안 이후 '나'가 아저씨를 찾아 병동을 뛰쳐 나간 이유를 추측해 봅시다.

3. 이 소설에 등장하는 인물 중 하나를 골라 그의 행동에서 공감하는 점이나 비판할 점을 정리한 후 바람직한 삶의 태도에 대해 생각해 봅시다.

- 등장인물: _____

- 인물의 행동: _____

- 나의 평가: _____

- 내가 생각하는 바람직한 삶의 태도: _____

  _____

자전거 도둑

박완서

수남이는 청계천 세운 상가 뒷길의 전기용품 도매상의 꼬마 점원이다.

수남이란 어엿한 이름이 있는데도 꼬마로 통한다. 열여섯 살이라지만 볼은 아직 어린아이처럼 토실하니 붉고, 눈 속이 깨끗하다. 숙성한 건 목소리뿐이다. 제법 굵고 부드러운 저음이다. 그 목소리가 전화선을 타면 점잖고 떨떠름한 늙은이 목소리로 들린다.

이 가게에는 °변두리 전기 상회나 °전공들로부터 걸려 오는 전화가 잦다. 수남이가 받으면,

"주인 영감님이십니까?"

하고 깍듯이 존대를 해 온다.

• 변두리: 어떤 지역의 가장자리가 되는 곳.
• 전공: 발전, 변전, 전기 장치의 가설 및 수리 따위의 작업에 종사하는 직공.

"아, 아닙니다. 꼬맙니다."

수남이는 제가 무슨 큰 실수나 저지른 것처럼 •황공해하며 볼까지 붉어진다.

"짜아식, 새벽부터 재수 없게 누굴 놀려. 너 이따 두고 보자."

이런 •호령이라도 들려오면 수남이는 우선 고개를 움츠려 알밤을 피하는 시늉부터 한다. 설마 전화통에서 알밤이 튀어나올 리는 없는데 말이다. 실수만 했다 하면 알밤 먹을 것을 예상하고 고개가 자라 모가지처럼 오그라드는 게 수남이가 이곳 전기 상회에 취직하고 나서부터 얻은 조건 반사다.

이곳 단골손님들은 우락부락한 전공들이 대부분이어서 성질들이 거칠고 급하다. 자기가 요구하는 것을 수남이가 빨리 알아듣고 척척 챙기지 못하고 조금만 어릿어릿하면 "짜아식." 하며 사정없이 밤송이 같은 머리에 알밤을 먹인다.

수남이는 그 숱한 전기용품 이름을 척척 알아들을 수 있을 만큼 일에 익숙해질 때까지 숱한 알밤을 먹었다.

그런데 일에 익숙해진 후에도 수남이는 심심찮게 까닭도 없는 알밤을 얻어먹는다. 이 거친 사내들은 그런 짓궂은 방법으로 수남이를 귀여워하는 것이다. 예쁜 아이를 보면 물어뜯어 울려 놓고 마는 사람이 있듯이, 이 사내들은 그런 방법으로 수남이에게 애정 표시를 했다.

• 황공하다: 위엄이나 지위 따위에 눌리어 두렵다.
• 호령: 큰 소리로 꾸짖음.

"짜아식, 잘 잤냐?"

"짜아식, 요새 제법 컸단 말야. 장가들여야겠는데, 짜아식 좋아서……."

그러곤 알밤이다. 주먹과 팔짓만 허풍스럽게 컸지, 아주 부드러운 알밤이다. 그러니까 수남이는 그만큼 인기 있는 점원인 셈이다.

수남이는 단골손님들에게만 인기가 있는 게 아니라, 주인 영감에게도 여간 잘 뵌 게 아니다. 누구든지 수남이에게 알밤을 먹이는 걸 들키기만 하면 단박 불호령이 내린다.

"왜 하필 남의 머리를 쥐어박어? 채 굳지도 않은 머리를. 그게 어떤 머린 줄이나 알고들 그래, 응? 공부 많이 해서 대학도 가고 박사도 될 머리란 말야. 임자들 같은 돌대가리가 아니란 말야."

그러면 아무리 막돼먹은 손님이라도 선생님 꾸지람에 떠는 초등학생처럼 풀이 죽어서 수남이에게 진심으로 미안해 했다. 그러고는,

"꼬마야, 그럼 너 요새 어디 °야학이라도 다니니?"

하며 은근히 부러워하는 눈치까지 보였다. 그러면 영감님은 딱하다는 듯이 혀를 차며,

"아니, 야학은 아무 때나 들어가나. 똥통 학교라면 또 몰라. 수남이는 내년 봄에 시험 봐서 들어가야 해. 야학이라도 일류로, 그래서 인석이 그저 틈만 있으면 책이라고. 허

● 야학: 야간 학교를 줄여 이르는 말.

허……."

수남이는 가슴이 크게 출렁인다. 수남이는 한 번도 주인 영감님에게 하다못해 야학이라도 들어가 공부를 해 보고 싶단 말을 비친 적이 없다. 맨손으로 어린 나이에 서울에 와서 거지도 안 되고 깡패도 안 되고 이런 어엿한 가게의 점원이 된 것만도 수남이로서는 눈부신 성공인데, 벼락 맞을 노릇이지, 어떻게 감히 공부까지를 바라겠는가.

그러면서도 자기 또래의 고등학생만 보면 가슴이 짜릿짜릿하던 수남이다. 처음 전기용품 취급이 서툴러 시험을 하다 툭하면 손끝에 감전이 되어 짜릿하며 화들짝 놀랐던 것처럼, 고등학교 교복은 수남이의 심장에 짜릿한 감전을 일으키며 가슴을 온통 마구 휘젓는 이상한 힘이 있었다.

그런 수남이의 비밀을 주인 영감님은 알고 있었던 것이다. 수남이는 부끄럽고도 기뻤다.

그래서 수남이는 "내년 봄에 시험 봐서 들어가야 해. 야학이라도 일류로……." 할 때의 주인 영감님이 그렇게 좋을 수가 없다. 그 소리를 듣기 위해서라면 그까짓 알밤쯤 하루 골백번을 맞으면 대수랴 싶다. 그런 소리를 자기를 위해 해 주는 주인 영감님을 위해서라면 뼛골이 부러지게 일을 한들 눈곱만큼도 억울할 것이 없을 것 같다. 월급은 좀 짜게 주지만, 그 감미로운 소리를 어찌 후한 월급에 비기겠는가.

수남이의 하루는 눈코 뜰 새 없이 고단하지만 행복하다. 내년 봄—내년 봄은 올봄보다는 멀지만 오기는 올 것이다.

그리고 영감님이 잘못 알아서 그렇지 시험 볼 때는 봄이 아니라 겨울이다. 겨울은 봄보다 이르다.

수남이는 온종일 눈코 뜰 새 없이 바쁘게 일을 하고 밤에는 가게 방에서 *숙직을 한다. 꾀죄죄한 *다후다 이불에 몸을 휘감고 나면 방바닥이야 차건 덥건 잠이 쏟아진다.

그럴 때 "인석은 그저 틈만 있으면 책이라고." 하던 주인 영감님의 목소리가 생생하게 들려온다. 수남이는 낮 동안 책은커녕 신문 한 귀퉁이 읽은 적이 없다. 도대체가 그럴 틈이 없다. 점원이 적어도 세 명은 있어야 해낼 가게 일을 혼자서 해내자니 여간 벅찬 것이 아니다. 그래도 수남이는 혹사당하고 있다는 억울한 생각 같은 것은 전혀 없다. 어쩌다 남들이 영감님에게,

"꼬마 혼자 데리고 벅차시겠습니다. 좀 큰 애 하나 더 쓰셔야죠."

영감님은 그런 소리를 제일 싫어한다. 벌레라도 씹어 먹은 듯이 이상야릇한 얼굴로 상대방을 흘겨보며,

"누가 뭐 사람 더 쓰기 싫어 안 쓰나. 어디 사람 같은 놈이 있어야 말이지. 깡패 놈이라도 걸려들어 봐. 우리 수남이가 물든다고. 이런 순진한 놈일수록 구정물 들긴 쉽거든."

얼마나 고마운 주인 영감님인가. 이런 고마운 어른을 위해 그까짓 세 사람이 할 일 혼자 못할까 하고 양팔의 근육이

* 숙직: 직장에서 밤에 교대로 잠을 자면서 지키는 일.
* 다후다: 합성 섬유의 하나. 태피터.

팽팽히 긴장한다.

그런 고마운 어른이 보지도 않는 책을 틈만 있으면 본다고 남들에게 사랑을 한 뜻은 밤에라도 잠만 자지 말고 열심히 공부해 두라는 뜻일 것이다. 수남이가 그렇게 풀이한 것이다. 그런 생각을 하면 눈이 말똥말똥해지며 잠이 저만큼 달아난다. 혹시나 하고 보따리 속에 찔러 가지고 온 중학교 때 교과서랑 고등학교까지 다닌 형이 쓰던 참고서 나부랭이를 이렇게 유용하게 쓸 줄은 정말 몰랐었다. 책이라야 통틀어 그것뿐이다.

주인 영감님이 심심할 때 사 본 주간지 같은 것이 굴러다닐 적도 있어서 소년다운 호기심이 동하지 않는 것도 아니었지만 "인석은 그저 틈만 있으면 책이라고." 하며 주인 영감님이 가리키는 책이란 결코 이런 주간지 조각이 아닐 것이라는 영리한 짐작으로 수남이는 결코 그런 데 한눈을 파는 법이 없다. 시간이 아까워서라도 그렇게는 할 수 없다.

가게를 닫고 셈을 맞추고 주인 댁 °식모가 날라 온 저녁을 먹고 나서 혼자가 될 수 있는 시간은 거의 열한 시경이다.

그때부터 공부라도 해야 되는 것이다. 그러고도 수남이는 이 동네 가게의 누구보다도 먼저 일어나야 하는 것이다. 수남이의 부지런함은 이 근처에서도 평판이 자자했다.

제일 먼저 가게 문을 열고, 물뿌리개로 골목길에 물을 뿌리고는 긴 골목길을 남의 가게 앞까지 말끔히 쓸고 나서 가

° 식모: 남의 집에 고용되어 주로 부엌일을 맡아 하는 여자.

게 안 물건 먼지를 털고, 어떡하면 보기 좋을까 연구를 해 가며 다시 진열을 하고 제 몸단장까지 개운하게 끝낸다. 그제야 주인 영감님이 나온다.

주인 영감님은 만족한 듯 빙긋 웃고 '짜아식' 하며 손으로 수남이의 머리를 더듬는다. 그러나 알밤을 먹이는 일은 한 번도 없었다. 따뜻하고 큰 손으로 머리를 빗질하듯 두어 번 쓸어내려 주고는, 부드러운 볼로 해서 둥근 턱까지를 큰 손바닥에 한꺼번에 감쌌다가는 다시 한번 '짜아식' 하곤 놓아 준다. 수남이는 그 시간이 좋다. 그래서 남보다 일찍 일어나야 하는 것이다.

아직은 °육친애에 철 모르고 푸근히 감싸여야 할 나이다. 그를 실제 나이보다 어려 뵈게 하는, 아직 상하지 않은 순진성이 더욱 그에게 육친애를 목마르게 한다. 주인 영감님의 든든하고 거친 손에서 볼과 턱을 타고 전해 오는 따뜻함, 훈훈함은 거의 육친애적이었고 그래서 수남이는 그 시간이 기다려질 만큼 좋았고, 꿀같이 단 새벽잠을 떨쳐 낸 보람을 느끼고도 남을 충족된 시간이기도 했다.

그 어느 해보다도 긴 겨울이 가고 봄이 왔다. 내년 봄이 아니라 올봄이 온 것이다. 캘린더에는 벚꽃이 만발해 있었다. 그런데도 그 어느 해보다도 길게 해 먹은 겨울은 뭘 아직도 덜 해 먹었는지 화창한 봄날에 끼어들어 심술을 부렸다. 별안간 기온이 급강하하더니 바람까지 세차게 몰아쳤다.

* 육친애: 혈족 관계가 있는 사람들 사이의 애정. 또는 그와 같은 정.

낮 동안 떼어서 세워 놓은 가게 판자문이 요란한 소리를 내고 나자빠지는가 하면, 가게 함석지붕은 얇은 헝겊처럼 곧 뒤집힐 듯이 펄럭대고, 골목 위 공중을 가로지른 전화 줄에서는 온종일 귀신의 휘파람 같은 이상한 소리가 났다.

낮에는 이 가게 골목에서 사고까지 났다. 전선을 도매하는 집 아크릴 간판이 다 마른 빨래처럼 휠휠 나는가 했더니, 곧장 땅으로 떨어지면서 때마침 지나가던 아가씨의 정수리를 들이받고 떨어졌다.

피가 아가씨의 분결 같은 볼을 타고 흘러 흰 스웨터에 선명한 붉은 반점을 줄줄이 그렸다. 피를 보자 다 큰 아가씨가 어린애처럼 앙앙 울어 댔다.

가게마다에서 사람들이 뛰어나왔으나 아가씨를 부축해서 병원으로 달려간 것은 바람에 간판을 날린 전선 도매집 주인 아저씨였다.

사람들은 모두 치료비를 톡톡히 부담해야 할 그 아저씨를 동정했다. 지랄스러운 바람이지, 그 아저씨가 무슨 잘못이 있기에 생돈을 빼앗기냐고, 그렇지만 돈지갑 옆구리에 차고 부는 바람 못 봤으니, 그 재수 나쁜 아가씬들 그 재수 나쁜 아저씨한테 떼를 쓸밖에 도리 없지 않겠느냐고 사람들은 쑥덕댔다.

하여튼 수남이가 알 수 있는 것은 그 아가씨도 그렇고 그 아저씨도 그렇고 오늘 재수 옴 붙었다는 것뿐이었다.

수남이는 문득 자기도 재수 옴 붙을 것 같은 예감이 들었다. 그래서 화들짝 놀라 큰 간판을 다시 점검하고 힘껏 흔들어 보고, 대롱대롱 매달린 아크릴 간판은 아예 떼어서 안에다 갖다 두고, 떼어 세워 놓은 *빈지문은 좁은 옆 골목 변소 앞에 끼워 놓았다.

바람 부는 서울의 뒷골목은 흉흉하고 *을씨년스러웠다. 먼지는 물론 온갖 잡동사니들이 다 날아들어 가게 앞에 쓰레기 무더기를 만들었다. 쓸어도 쓸어도 당해 낼 도리가 없었다.

손님도 딴 날보다 적고 수남이는 까닭 없이 마음이 울적했다.

시골의 바람 부는 날 풍경이 생생하게 떠올랐다. 보리밭은 바람을 얼마나 우아하게 탈 줄 아는가, 큰 나무는 바람에 얼마나 안달 맞게 *들까부는가, 큰 나무와 작은 나무가 함께 사는 숲은 바람에 얼마나 우렁차고 비통하게 *포효하는가, 그것을 알고 있는 것은 이 골목에서 자기 혼자뿐이라는 생각이 수남이를 고독하게 했다.

전선 가게 아저씨가 어두운 얼굴을 하고 돌아왔다. 가게 주인들이 우르르 전선 가게로 모였다. 아가씨의 안부보다도 그 아저씨 손해가 얼마인가, 모두 그것이 궁금한 모양이

* 빈지문: 한 짝씩 끼웠다 떼었다 하게 만든 문. 비바람을 막기 위하여 덧댄다.
* 을씨년스럽다: 보기에 날씨나 분위기 따위가 몹시 스산하고 쓸쓸한 데가 있다.
* 들까불다: '들까부르다'의 준말. 위아래로 심하게 흔들다.
* 포효하다: (비유적으로) 사람, 기계, 자연물 따위가 세고 거칠게 소리를 내다.

었다.

수남이네 주인 영감님도 가더니, 한참 만에 돌아오면서 하늘을 쳐다보며 욕지거리를 했다.

"육시랄 놈의 바람, 무슨 끝장을 보려고 온종일 이 지랄이야."

아마 전선 가게 아저씨 손해가 대단했던 모양이다. 그래서 동정 삼아 그렇게 화를 내는 눈치다. 하긴 그런 일이 아니더라도 서울 사람들에게는 바람이 손톱만큼도 반가울 리가 없겠다. 바람의 의미를, 간판이 날아가는 °횡액, 한없이 날아오는 먼지, 쓰레기 그것밖에 모르니까.

봄바람이 게으른 나무들에게, 잠든 뿌리들에게, °생경한 꽃망울들에게 얼마나 신기한 마술을 베풀고 지나갔나를 모르니까. 봄바람이 한차례 지나고 거짓말같이 화창하고 아늑하게 갠 날, 들판이나 산등성이에 있어 본 적이 없을 테니까.

수남이는 다시 한번 울고 싶도록 고독해진다.

전화를 받은 주인 영감님이 좀 생기가 나더니 계산서를 작성해 주면서 ×× 상회에 이십 와트 형광 램프 다섯 상자만 배달해 주고 오란다. 가까운 데 있는 소매상에서는 이렇게 전화 주문으로 배달까지를 부탁해 오는 수가 많다. 수남이는 자전거도 잘 타 배달이라면 문제도 없다.

그래도 오늘은 바람이 유난해서 조심하느라 형광 램프 상자를 밧줄로 꼼꼼히 묶는다. 주인 영감님까지 묶는 걸 거들

° 횡액: 뜻밖에 닥쳐오는 불행.

° 생경하다: 익숙하지 않아 어색하다.

어 주면서,

"인석아, 까불지 말고 조심해. 사고 내 가지고 누구 못 할 노릇 시키지 말고."

오늘 장사가 좀 잘 안돼서 그런지 말씨가 퉁명스럽긴 했지만, 나쁜 말은 아닌데도 수남이는 고깝게 듣는다.

꼭 네깟 놈 다칠 게 걱정이 아니라 나 손해 볼 게 겁난다는 소리로 들린다.

수남이는 보통 때 같으면 "할아버지 다녀오겠습니다." 하고 신바람 나게, 그리고 붙임성 있게 외치고는 방긋 웃어 보이고 나서야 페달을 밟고 씽 달렸을 터인데, 오늘은 왠지 그래지지가 않는다. 아무 말 안 하고 자전거를 무거운 듯이 질질 끌다가 뭉기적 올라타면서 느릿느릿 페달을 젓는다. 주인 영감님이 뒤에서 악을 쓴다.

"인석아 조심해. 까불지 말고."

주인 영감님의 목소리가 회오리바람을 타고 이상하게 날카롭고 기분 나쁘게 들린다. 수남이는 '쳇' 하고 혀를 차고는 도망치듯 씽 자전거의 속력을 낸다.

형광 램프를 ×× 상회에 *부리고 나서 수금하는 데 또 한참이 걸린다. 장사꾼의 생리란 묘한 데가 있다.

수남이는 아직도 그 생리만은 이해가 안 될뿐더러 문득문득 혐오감까지 느끼고 있다.

금고에 돈을 수북이 넣어 놓고도 꼭 땡전 한 푼 없는 얼굴

---

* 부리다: 사람의 등에 지거나 자동차나 배 따위에 실었던 것을 내려놓다.

을 하고 도무지 돈을 내주려 들지를 않는다. 조금 있다 오란다. 그동안에 수금이 되면 주겠다는 것이다.

그러나 이쪽에선 그 수에 넘어가지 말고 악착같이 지키고 서서 받아 내야 하는 것이다. 그것이 수남이가 서울에 와서 점원 노릇 하면서 배운 상인 철학 제1항이었다.

"아유, 오늘 더럽게 장사 안된다."

×× 상회 주인은 니코틴이 새까맣게 달라붙은 이빨 안쪽을 드러내고 크게 하품을 한다. 돈을 빨리 안 주는 변명 같기도 하고, '인석아, 하루 종일 기다려 봐라, 누가 돈을 호락호락 내줄 줄 아니.' 하는 공갈 같기도 하다.

그러나 수남이는 들은 척도 안 하고 장승처럼 버티고 서 있다. 저런 수에 넘어가 호락호락 물러가면 주인 영감님에게 야단맞는 것도 맞는 거려니와, 앞으로 열 번도 넘게 헛걸음을 해야 수금을 끝마칠 수 있기 때문이다.

그것도 목돈이 아니라 오백 원, 천 원씩 푼돈을 녹여서 말이다.

이럴 때 수남이는 이 세상에 장사꾼처럼 징그러운 족속이 또 있을까 싶은 생각이 나서 한숨이 절로 난다. 그러면서도 자기도 어느 틈에 장사꾼다운 징그러운 수를 쓰고 만다.

"오늘 물건 대금은 꼭 결제해 주셔야 돼요. 은행 막을 돈이란 말예요."

수남이는 은행 막는다는 말의 정확한 뜻을 잘 모른다. 그 번들번들하고 위엄 있는 은행이 뒤로 어디 큰 구멍이라도 뚫려 있단 소린지, 뚫려 있기로서니 왜 장사꾼이 막아야 하는지 잘 모르는 채로, 급하게 돈을 받아 내려는 장사꾼들이 으레 심각한 얼굴을 하고 그런 소리를 하길래 수남이도 그래 보는 것이다.

"짜아식, 알았어. 기다려 봐. 돈 들어오는 대로 줄게."

주인이 퉁명스럽게 대답하곤 수남이의 머리에 힘껏 알밤을 먹인다. 수남이는 잽싸게 고개를 움츠러뜨렸는데도 눈에 눈물이 핑 돌 만큼 독한 알밤이다.

장사 더럽게 안된다는 주인 말과는 달리 손님이 쉴 새 없이 들락거린다. 정말로 가게는 조그맣지만 길 목이 아주 좋다. 수남이는 좁은 가게에서 이리 밀리고 저리 밀리면서 잘 버틴다. 버틸 뿐 아니라 속으로 돈이 얼마나 들어오나 암산까지 하고 있다.

소매상이라 큰돈은 안 들어와도 그동안 들어온 돈이 어림잡아 만 원은 됨 직하다. 수남이는 비실비실 안 나오는 웃음을 웃으며,

"어떻게 결제 좀 해 줍쇼."

하고 또 한 번 빌붙는다. 주인은 '짜아식' 하며 또 한 번 알밤을 먹이곤 오백 원짜리, 백 원짜리 합해서 만 원을 세 번이나 세어 보더니 아까운 듯이 내준다.

"짜아식 끈덕지기가 꼭 *뙤놈 같다니까, 됐어."

칭찬인지 욕인지 모를 소리를 하고 찍 웃는다. 수남이는

---

* 뙤놈: 중국 사람을 낮잡아 이르는 말.

주인이 세 번씩이나 세어서 준 돈을 또 두 번이나 센다. 그러고 나서야 "고맙습니다. 안녕히 계십쇼." 하고는 저만큼 자전거를 세워 놓은 쪽으로 횅하니 달음질친다.

바람이 여전하다. 저만큼서 흙먼지가 땅을 한꺼풀 벗겨 홑이불처럼 둘둘 말아 오는 것같이 엄청난 기세로 몰려온다. 골목 안의 모든 것이 '뎅그렁', '와장창', '우르릉' 하고 제각기의 음색으로 소리 높이 비명을 지른다.

드디어 흙먼지 홑이불이 집어삼킬 듯이 수남이의 조그만 몸뚱이를 덮친다. 수남이는 눈을 꼭 감고 숨을 죽인다.

바람이 지난 후 수남이는 눈을 뜨고 침을 탁 뱉는다. 입속에 모래가 들어와 깔깔하고 목구멍이 알싸하니 아프다. 다시 자전거 쪽으로 걷는다. 조금 전만 해도 서 있던 자전거가 누워 있다. 그래도 날아가진 않았으니 다행이다.

자전거뿐 아니라 골목의 모든 것이 다 제자리에 그대로 있다. 수남이는 그것이 신기하다. 누워 있는 자전거를 일으켜 세우고 날렵하게 올라타 막 페달을 밟으려는데, 어디선지 고함 소리가 °벽력같이 들린다.

"이놈아, 어딜 도망가는 거야, 게 섰거라. 꼼짝 말고."

수남이는 자기에게 지르는 고함은 아니겠지 싶어 그대로 페달을 밟는다.

"아니 이놈이, 어디로 도망을 가려고 이래."

뒷덜미를 사납게 붙들린다. 점잖고 깨끗한 신사다. 이런

° 벽력: 벼락.

신사가 자기에게 어떤 볼일이 있다는 것인지, 수남이는 °도시 짐작을 할 수 없다. 게다가 신사는 몹시 화가 나 있다. 신사를 화나게 할 일을 자기가 저질렀다고는 더구나 생각할 수 없다.

"인마, 꼼짝 말고 있어."

신사의 말이 아니더라도 꼼짝하려야 할 수 있을 처지가 아니다. 꼼짝은커녕 숨도 제대로 쉴 수 없을 만큼 수남이의 뒷덜미는 신사의 손에 잔뜩 움켜쥐어져 있다.

"인마, 네놈의 자전거가 쓰러지면서 내 차를 들이받았단 말야. 이런 고급 차를 말야. 이런 미련한 놈, 왜 눈은 째려, 째리긴. 그러니 내 차에 흠이 안 나고 배겼겠냐. 내 차는 인마, 여자들 손톱만 살짝 닿아도 생채기가 나는 고급 차야 인마, 알간?"

그러고는 거울처럼 티 하나 없이 번들대는 차체를 면밀히 훑어보더니 "그러면 그렇지." 하고 환성을 질렀다. 아마 생채기를 찾아낸 모양이다.

"일은 컸다. 인마, 칠만 살짝 긁혔어도 또 모르겠는데 여봐라, 여기가 이렇게 우그러지기까지 했으니 일은 컸다, 컸어."

신사가 덩칫값도 못하게 팔짝팔짝 뛰면서, 잘 봐 두라는 듯이 수남이의 얼굴을 차에다 바싹 밀어붙였다.

수남이는 차체에 비친 울상이 된 자기 얼굴을 볼 수 있을

° 도시: 아무리 해도. 도무지.

뿐이었다. 꼭 오늘 재수 옴 붙은 일이 날 것 같더라만 이런 끔찍한 일이 일어나고 말았구나. 울음이 왈칵 솟구친다. 그러자 제 얼굴도, 차체의 흠도 아무것도 안 보이고 온 세상이 부옇게 흐려 보일 뿐이다.

"울긴, 인마. 너 한 달에 얼마나 버나?"

신사의 목청이 다분히 누그러지며 목소리에 연민이 담긴 것을 수남이는 재빨리 알아차린다. 그러자 흑흑 소리까지 내어 운다.

"울긴 짜아식, 할 수 없다. 너나 나나 오늘 재수 옴 붙은 걸로 치고 반반씩 손해 보자. 오천 원만 내."

수남이는 너무 놀라 울음까지 끄르륵 삼키고 신사를 쳐다본다. 그사이 사람들이 큰 구경이나 난 것처럼 모여들어 신사와 수남이를 에워싼다.

누군가가 뒤에서 "빌어, 이놈아. 그저 잘못했다고 무조건 빌어." 하고 속삭인다. 수남이는 여러 사람들이 자기를 동정하고 있다고 느끼자 °적이 용기가 난다.

"아저씨, 잘못했습니다. 한 번만 용서해 주십시오. 네, 아저씨."

제법 또렷한 소리로 용서를 빈다.

"용서라니, 이만큼 했으면 됐지 어떻게 더 용서를 해."

"아저씨, 그러시지 말고 한 번만 봐주셔요. 네, 아저씨."

수남이는 주머니에 든 만 원 생각을 하면 얼굴이 화끈대

° 적이: 꽤 어지간한 정도로.

고 공연히 무섭기까지 하다. 그렇지만 주인 영감님을 위해 그 돈만은 죽기를 무릅쓰고 지킬 각오를 단단히 한다.

"아니 욘석이 이제 보니 이런 큰일 저지르고 그냥 내뺄 심사 아냐? 요런 악질 녀석 같으니라고."

신사의 표정은 은은히 감돌던 연민이 싹 가시고 점잖게 무표정해진다.

그러고는 옆에 섰던 운전사인 듯한 남자에게,

"안 되겠네. 요런 악질 깡패 녀석하고 시비해 봤댔자 공연히 시간만 낭비니, 자네 자물쇠 하나 마련해다 주게. 이 녀석 자전걸 잡아 놓기로 하세. 언제든지 오천 원 가져와서 찾아가라고."

그러고는 주머니에서 오백 원짜리를 한 장 꺼내서 운전사에게 주는 것이었다. 수남이로서는 전혀 예기치 못했던 사태였다.

주머니의 만 원에 대해서만 생각했었지 자전거에 대해선 전혀 생각이 미치지 못했었다.

운전사는 금방 커다란 자물쇠를 하나 사 가지고 왔다. 신사는 다시 네놈은 쳐다보기도 싫다는 듯이 수남이를 전혀 상대 안 하고, 묵묵히 자전거 바퀴에다 자물쇠를 채우고, 앞에 빌딩을 가리키면서,

"나 저기 306호실에 있으니까 돈 오천 원 갖고 와. 그러면 열쇠 내줄 테니."

하고는 수남이를 힐끗 흘겨보고 유유히 빌딩 속으로 사라

져 갔다.

　수남이는 울지도 못하고 빌지도 못하고 그냥 막연히 서 있었다. 수남이와 신사의 시비를 흥미진진하게 구경하던 사람들도 헤어지지 않고 그냥 서 있었다. 아마 수남이가 앙앙 울거나, 펄펄 뛰면서 욕을 하거나 그런 일이 일어나 주기를 기다리는 눈치였다.

　수남이는 바보가 돼 버린 아이처럼 조용히 멍청히 서 있었다. 누군가가 나직이 속삭였다.

　"토껴라 토껴. 그까짓 것 갖고 토껴라."

　그것은 악마의 속삭임처럼 은밀하고 감미로웠다. 수남이의 가슴은 크게 뛰었다. 이번에는 좀 더 점잖고 어른스러운 소리가 나섰다.

　"그래라, 그래. 그까짓 거 들고 도망가렴. 뒷일은 우리가 감당할게."

　그러자 모든 구경꾼이 수남이의 편이 되어 와글와글 외쳐 댔다.

　"도망가라, 어서어서 자전거를 번쩍 들고 도망가라, 도망 가라."

　수남이는 자기편이 되어 준 이 많은 사람들을 도저히 배반할 수 없었다. 이상한 용기가 솟았다. 수남이는 자전거를 마치 ˚검부러기처럼 가볍게 옆구리에 끼고 질풍같이 달렸다.

　정말이지 조금도 안 무거웠다. 타고 달릴 때보다 더 신나

˚ 검부러기: 가느다란 마른 나뭇가지, 마른 풀, 낙엽 따위의 부스러기.

게 달렸다. 달리면서 마치 오래 참았던 오줌을 시원스레 내깔기는 듯한 쾌감까지 느꼈다.

주인 영감님은 자전거를 옆에 끼고 질풍처럼 달려온 놈을 눈을 휘둥그렇게 뜨고 바라볼 뿐이었다. 오늘 바람이 세더니만 필시 이 조그만 놈이 바람에 날아왔나, 설마 그럴 리야 없을 텐데 내 눈이 어떻게 된 것인가 그런 눈치였다.

수남이는 너무 숨이 차서 이런 주인 영감님의 궁금증을 시원히 풀어 주지 못하고 한동안 헉헉대기만 한다.

"인마, 말을 해. 무슨 일이야? 네놈 꼴이 영락없이 도둑놈 꼴이다, 인마."

도둑놈 꼴이라는 소리가 수남이의 가슴에 가시처럼 걸린다. 수남이는 겨우 숨을 가라앉히고 자초지종을 주인 영감님께 고해바친다. 다 듣고 난 주인 영감님은 무엇이 그리 좋은지 무릎을 치면서 통쾌해한다.

"잘했다, 잘했어. 맨날 촌놈인 줄만 알았더니 제법인데, 제법이야."

그러고는 가게에서 쓰는 드라이버니 펜치를 가지고 자전거에 채운 자물쇠를 분해하기 시작한다. 엎드려서 그 짓을 하고 있는 주인 영감님이 수남이의 눈에 흡사 도둑놈 두목 같아 보여 속으로 정이 떨어진다. 주인 영감님 얼굴이 누런 똥빛인 것조차 지금 깨달은 것 같아 속이 메스껍다.

마침내 자물쇠를 깨뜨렸나 보다. 영감님 얼굴에 회심의 미소가 떠오르더니 자유롭게 된 자전거 바퀴를 시험이라도

하려는 듯이 자전거로 골목을 한 바퀴 빙그르르 돌아 들어와서는,

"네놈 오늘 운 텄다."

그러고는 수남이의 머리를 쓰다듬고 볼과 턱을 두둑한 손으로 귀여운 듯이 감싼다. 영감님이 기분이 좋을 때면 수남이에 대한 애정의 표시로 으레 그렇게 했었고, 수남이도 그걸 좋아했었다.

그런데 오늘은 싫다. 영감님의 손이 싫다. 그것이 운 트기는커녕 재수 옴 붙었다는 생각이 여전하고, 수남이는 그날 온종일 우울했다. 그러나 자기가 왜 그렇게 우울한지 그걸 차분히 생각할 새도 없는 바쁜 하루였다.

가게 문을 닫고 주인 댁에서 날라 온 저녁밥을 먹고 나면 비로소 수남이 혼자만의 시간이다. 꿀 같은 시간이었다. 책을 펴 놓고 영어 단어를 찾고, 수학 문제를 풀어 보고, 턱을 괴고 소년답게 감미로운 공상에 잠길 수 있는 그런 시간이었다.

그러나 오늘 수남이는 그게 되지를 않았다. 책을 집어 던졌다.

낮에 내가 한 짓은 옳은 짓이었을까? 옳을 것도 없지만 나쁠 것은 또 뭔가. 자가용까지 있는 주제에 나 같은 아이에게 오천 원을 우려내려고 그렇게 간악하게 굴던 신사를 그 정도 골려 준 것이 뭐가 나쁜가? 그런데도 왜 무섭고 떨렸던가. 그때의 내 꼴이 어땠으면, 주인 영감님까지 "네놈 꼴

이 꼭 도둑놈 꼴이다." 라고 하였을까.

그럼 내가 한 짓은 도둑질이었단 말인가. 그럼 나는 도둑질을 하면서 그렇게 기쁨을 느꼈더란 말인가.

수남이는 몸을 부르르 떨면서 낮에 자전거를 갖고 달리면서 맛본 공포와 함께 그 까닭 모를 쾌감을 회상한다. 마치 참았던 오줌을 내깔길 때처럼 무거운 억압이 갑자기 풀리면서 전신이 날아갈 듯이 가벼워지는 그 상쾌한 해방감—한번 맛보면 도저히 잊힐 것 같지 않은 그 짙은 쾌감, 아아 도둑질하면서도 나는 죄책감보다는 쾌감을 더 짙게 느꼈던 것이다.

혹시 내 핏속에 도둑놈의 피가 흐르고 있기 때문이 아닐까. 순간 수남이는 방바닥에서 송곳이라도 치솟은 듯이 후닥닥 일어서서 안절부절못하고 좁은 방 안을 헤맸다.

수남이의 눈앞에는 수갑을 차고, 순경들에게 끌려와 도둑질 흉내를 그대로 내보이던 형의 얼굴이 환히 떠오른다. 그리고 서울 가서 무슨 짓을 하든지 도둑질만은 하지 말라고 신신당부하던 아버지의 얼굴도 떠오른다.

수남이의 형 수길이는, 온 집안 식구가 기대를 걸고 고등학교까지 마쳐 준 보람도 없이 집에서 빈들대다가, 어느 날 갑자기 서울 가서 돈 벌고 성공해서 돌아오겠다는 말 한마디를 남기고 훌쩍 집을 나갔다.

편지 한 장, 하다못해 °인편에 안부 한마디 없는 이 년이

● 인편: 오거나 가는 사람의 편.

지났다. 그동안 아버지는 폭 노쇠하고, 어머니는 뼈만 남게 야위어서 수남이랑 동생들이랑을 들볶았다.

들볶는 푸념 속에서 무정한 장남에 대한 원망과 함께 그래도 행여나 하는 기대가 곁들어 있는 것을 수남이는 느낄 수 있었다.

수남이도 뭔가 형에 대한 기대를 안 할 수가 없었다. 동생들이 발바닥이 다 닳아 없어져 °웃더껑이만 남은 운동화를 신고 다니는 걸 봐도 "조금만 참아, 큰형이 돈 많이 벌어 가지고 오면 운동화랑 잠바랑 다 사 줄게." 하는 말을 할 지경이었다.

형이 돈을 많이 벌어 오면—이런 기대에 온 집안 식구가 하루하루를 매달려 살았다. 어느 날 밤, 형은 돌아왔다. 옷과 운동화와 과자와 고기를 한 짐이나 되게 사 가지고. 형이 정말 돈을 벌어서 별의별 것을 다 사 가지고 온 것이었다. 아버지는 밤중이지만 동네 사람을 모아 큰 잔치를 벌이지 못해 안달을 했다.

형이 험악한 얼굴을 하고 안 된다고 했다.

잔치는커녕 동생들이 좋아서 떠드는 것도 못 하게 윽박질렀다.

수남이는 지금도 그날 밤 일이 생생하다. 그날 밤 형의 누런 똥빛 얼굴은 정말로 못 잊겠다. 꼭 악몽 같다.

다음 날 형은 읍내에서 온 순경한테 수갑이 채워져 붙들

° 웃더껑이: 물건의 위에 덮어 놓는 물건을 이르는 말.

려 갔다. 형은 악을 써서 변명을 하며 갔다.

"이 년 만에 빈손으로 집에 들어갈 수는 없었단 말야. 도 저히 그럴 수는 없었단 말야."

그래서 읍내 *양품점을 털어 돈과 물건을 훔친 것이다. 다 음에 수남이가 형을 본 것은 읍내에 현장 검증인가를 나왔 을 때다. 도둑질한 것을 다시 한번 되풀이해 보여 주는 것인 데, 딴 구경꾼들 틈에 섞여 수남이는 몸서리를 치면서 그것 을 봤다. 그 도둑놈과 형제간이란 게 두고두고 생각해도 몸 서리가 쳤다.

아버지는 화병으로 몸져눕고 집안 형편은 말이 아니었다. 수남이는 드디어 어느 날 형이 그랬던 것처럼 서울 가서 돈 벌어 오겠다고 집을 나섰다. 아버지는 말리지 않았다. 문지 방을 짚고 일어나 앉아서 띄엄띄엄 수남이를 타일렀다.

"무슨 짓을 하든지 그저 도둑질을 하지 말아라, 알았쟈."

그런데 도둑질을 하고 만 것이다. 하지만 수남이는 스스 로 그것은 결코 도둑질이 아니었다고 변명을 한다.

그런데 왜 그때, 그렇게 떨리고 무서우면서도 짜릿하니 기분이 좋았던 것인가? 문제는 그때의 그 쾌감이었다. 자기 내부에 도사린 부도덕성이었다. 오늘 한 짓이 도둑질이 아 닐지 모르지만 앞으로 도둑질을 할지도 모르겠다는 생각이 들었다. 형의 일이 자기와 정녕 무관한 일이 아니란 생각이 들었다.

* 양품점: 서양 물건을 주로 파는 상점.

소년은 아버지가 그리웠다. 도덕적으로 자기를 견제해 줄 어른이 그리웠다. 주인 영감님은 자기가 한 짓을 나무라기는커녕 손해 안 난 것만 좋아서 "오늘 운 텄다."라고 좋아하지 않았던가.

수남이는 짐을 꾸렸다. 아아, 내일도 바람이 불었으면. 바람에 물결치는 보리밭을 보았으면.

마침내 결심을 굳힌 수남이의 얼굴은 누런 똥빛이 말끔히 가시고, 소년다운 청순함으로 빛났다.

1. 자전거를 들고 도망친 사건을 전후로, 주인 영감에 대한 수남의 감정 변화를 정리해 봅시다.

전	후
일을 잘한다고 칭찬하고 학교에 들어가야 한다고 말해 주는 주인 영감에게 [ ] 를 느낌.	주인 영감이 흡사 [ ] 두목 같아 보여 정이 떨어지고, 자신을 칭찬하는 주인 영감의 손이 싫다고 느낌.

2. 수남이 고향으로 돌아가겠다고 결심한 이유를 말해 봅시다.

3. 수남이 서울에서 겪은 일을 통해 얻은 깨달음이 무엇인지 생각해 보고, 수남이 앞으로 어떤 어른이 될지 상상해 봅시다.

어느 날 자전거가
내 삶 속으로 들어왔다

성석제

초등학교 육 학년 겨울, 추첨으로 중학교를 배정받고 보니 읍내에 둘 있는 중학교 중 공립이었고 아버지와 형이 졸업한 전통 있는 학교였다. 문제는 초등학교 때처럼 걸어서 다니기는 힘든 거리라는 점이었다. 버스가 다니지 않았고 자가용은 물론 없었다.

내 고향은 분지여서 산으로 둘러싸인 읍내는 평탄했고 집집마다 자전거가 없는 집이 없었다. 그렇긴 해도 아이들을 위해 자전거를 사 주는 부모는 극소수였다. 대부분의 아이들은 성인용 자전거의 삼각 프레임 사이에 다리를 집어 넣고 페달을 밟아서 앞으로 진행하는, 곡예를 연상케 하는 자세로 자전거를 탔다. 나는 그런 아이들이 부럽기도 하고 *경망스러워

* 경망스럽다: 행동이나 말이 가볍고 조심성 없는 데가 있다

보이기도 해서 운동 신경이 둔하다는 핑계로 자전거를 탈 생각을 하지 않고 있었다. 그러나 이젠 선택의 여지가 없었다.

내가 자전거를 배우기 위해 큰집에서 빌린 자전거는 읍내로 출퇴근하는 아버지의 자전거보다 더 무겁고 짐받이가 큰 '농업용' 자전거였다. 그 대신 자전거가 아주 튼튼해서 자전거를 배우자면 꼭 거쳐야 하는, '꼬라박기'를 무난히 감당해 낼 수 있을 듯 보였다. 내 몸이 그걸 견뎌 낼 수 있을지, 내 마음이 그 창피함을 견뎌 낼 수 있을지 의문스럽긴 했지만.

나는 오전에 자전거를 끌고 사람이 없는 운동장으로 갔다. 시멘트 계단 옆에 자전거를 세운 뒤 안장에 올라가서 발로 연단을 차는 힘으로 자전거의 주차 장치가 풀리면서 앞으로 나가도록 했다. 바퀴가 두 번도 구르기 전에 자전거는 멈췄고 나는 넘어졌다. 같은 식의 시행착오가 수백 번 거듭되었다. 정강이와 허벅지에 멍 자국이 생겨났고 팔과 손의 피부가 벗겨졌다. 나중에는 자전거를 일으키는 일조차 힘이 들었다. 마지막으로 쓰러졌을 때 어둠이 다가오고 있는 걸 알고는 막막한 마음에 자전거 옆에 한참 누워 있다가 일어났다.

동네로 돌아오는 길에는 오십 미터쯤 되는 오르막이 있었다. 오르막에 올라서서 숨을 고르다가 문득 내리막을 달려 내려가면 자전거를 쉽게 탈 수 있지 않을까 하는 생각이 들었다. 내리막 아래쪽은 길이 휘어 있었고 정면에는 내가 어릴 적 물장구를 치고 놀던 도랑이 기다리고 있었다. 그리고 그 옆에는 다음 해 봄에 거름으로 쓸 분뇨를 모아 두는 '똥통'이 있었다. 내가 자전거를 통제하지 못하게 된다면 결말은 단순했다. 운 좋으면 도랑, 나쁘면 똥통.

그럼에도 불구하고 나는 돌을 딛고 자전거에 올라섰다. 어차피 가지 않으면 안 될 길, 나는 몸을 앞뒤로 흔들어 자전거를 출발시켰다. 자전거는 앞으로 나아가기 시작했다. 페달을 밟지 않고도 가속이 붙었다. 나는 난생처음 봄을 맞는 °장끼처럼 나도 모를 이상한 소리를 내지르며 자전거와 한 몸이 되어 달려 내려갔다. 가슴이 터질 듯 부풀었고 어질어질한 속도감에 사로잡혔다. 어느새 내 발은 페달을 차고 있었고 자전거는 도랑과 똥통 옆을 지나고 있었다. 나는 삽시간에 어른이 된 기분으로 읍내로 가는 길을 내달렸다.

그날 나는 내 근육과 뇌에 새겨진 평범한, 그러면서도 세상을 움직여 온 비밀을 하나 얻게 되었다. 일단 안장 위에 올라선 이상 계속 가지 않으면 쓰러진다. 노력하고 경험을 쌓고도 잘 모르겠으면 자연의 판단—본능에 맡겨라.

그 뒤에 시와 춤, 노래와 암벽 타기, 그리고 사랑이 모두 같은 원리에 따라 움직인다는 것을 나는 깨달았다. 비록 다 배웠다, 안다고 할 수 있는 건 없지만.

° 장끼: 꿩의 수컷.

「어느 날 자전거가 내 삶 속으로 들어왔다」를 읽고 다음 물음에 답해 봅시다.

1. 이 글에서 인상 깊은 구절이나 장면을 뽑고, 그 이유를 말해 봅시다.

• 인상 깊은 구절 또는 장면: _____

_____

• 뽑은 이유: _____

_____

2. 이 글의 '나'처럼 어떤 일에 도전했던 경험을 떠올려 본 후, 이를 통해 무엇을 느꼈는지 생각해 봅시다.

⑩ 단소를 처음 불었을 때, 소리조차 나지 않아서 당황스러웠다. 끙끙대던 나를 보시던 아빠가 "도은아, 단소는 숨을 불어 넣으려고 하지 말고, 단소를 스치듯 지나가게 불어야 한단다."라고 알려 주셨다. 단소를 감싸듯 각도를 찾아가며 불다 보니 맑고 밝은 소리를 들을 수 있었다. 사람마다 각자 개성이 있듯이, 악기도 그렇구나 하는 것을 알게 되었다.

나는 보리

김진유

S# 2. 보리네 거실 / 아침

엄마는 부엌에서 아침 준비에 한창이고, 정우는 탁자 앞에서 콩나물을 다듬고 있으며, 아빠는 거실 가운데에서 자고 있다. 보리는 방에서 나와 눈을 부비며 자연스럽게 아빠 옆으로 가서 아빠를 안으며 다시 눕는다. 보리를 본 정우도 따라 눕는다. 포근히 잠든 보리, 아빠, 정우.

엄마가 세 사람을 깨운다. 보글보글 끓는 찌개, 반찬이 보이고 식탁에 앉아 밥을 먹는 가족들.

엄마와 아빠, 정우는 서로 수어로 불꽃놀이에 대해 대화하고 있다. 보리는 물끄러미 그 모습을 응시하며 밥을 먹는다.

정우 (수어) 불꽃놀이 보고 싶어.
엄마 (수어) 우리 갈 거야.

아빠는 불꽃이 팡 터지는 흉내를 내며 웃고, 정우도 웃는다.

정우 (수어) 아빠, 이 아파.

아빠 (수어) 봐 봐.

엄마 (수어) 실 감아 빼 줘.

아빠 (수어) 응, 괜찮아. (젓가락으로 정우의 이를 빼는 시늉을 한다.)

보리는 가족들이 수어로 대화하는 모습을 바라보다가 자리에서 일어난다.

엄마 (수어) 더 먹어.

보리는 손사래를 치고 방으로 들어간다.

S# 3. 보리네 집 앞 골목 / 맑은 아침

집 밖에 나와 하늘을 유심히 쳐다보는 보리. 크게 한숨을 쉬더니, 종종걸음으로 뛰기 시작한다.

집과 집 사이의 좁은 골목, 오르막길과 내리막길 등 여러 골목을 지나면서 만나는 동네 어르신들에게 인사를 한다.

보리 안녕하세요?

주민1 보리, 학교 가니?

보리 네.

주민1 잘 다녀와.

한참을 뛰었던 보리는 작은 언덕 위 *서낭당에 도착한다. 보리는 숨을 거칠게 쉬다가 눈을 감고 마음속으로 소원을 빈다.

눈을 뜨고, 왔던 길을 되돌아가는 보리.

S# 4. 등굣길 / 아침

등교하는 학생들 사이로 보이는 보리와 은정. 은정은 보리의 단짝이다.

은정 보리야, 나 MP3 생겼다. (MP3를 자랑해 보이는 은정) 오늘 불꽃놀이 보러 가?

보리 응.

은정 (들떠서) 불꽃놀이 가 봤어? 불꽃 중에 제일 큰 게 터질 때, 소원 빌면 이루어진대.

보리 에이, 말도 안 돼.

은정 진짜야, 우리 엄마가 그랬어!

S# 8. 단오장 / 저녁

사람들이 엄청나게 많다. 길의 양옆으로 각종 먹을거리와 옷,

* 서낭당: 토지와 마을을 지켜 준다는 서낭신을 모신 집.

기념품 등을 판매하는 노점이 즐비하다. 가족과 함께 단오장을 구경하던 보리는 이국적인 상품이 진열된 상점을 발견한다. 무언가에 이끌리듯 상점으로 들어가 물건을 구경하는 보리. 여러 물건 중에서 신비로워 보이는 푸른색의 장신구를 집어 들어 살펴본다.

외국인 상인 이거 다 내가 만든 거야.

유창한 한국어 발음에 보리는 놀란다.

보리 한국말 할 줄 알아요?

외국인 상인 그럼. 한국에 산 지 십 년인데. (보리가 만지고 있는 장신구를 보며) 그거는 튀르키예 부적이야. 나자르 본주.

보리 나자르 본주?

외국인 상인 응, 나자르 본주. 나자르는 한국말로 악마, 본주는 구슬이야. 악마의 눈이라고 불러. 성스러운 푸른색 안에 있는 악마의 눈은 다른 악마를 막아 내. 그래서 세상에 모든 시기와 질투를 막아 주는 능력을 가지고 있어.

보리 (결심한 듯) 이거 주세요!

외국인 상인 (손 내밀며) 이만 원.

보리 네? (강한 눈빛으로) 만 원.

외국인 상인 (어이없는 듯) 만 팔천 원.

보리 (웃으며) 만 천 원!

외국인 상인 (고민하다) 만 오천 원. 근데 너 돈은 있니?

보리 (아빠가 생각났다.) 아빠?

상점에서 나와 주위를 둘러보는데 아빠가 없다. 엄마와 정우도 없다. 두리번거리며 한참을 걷다가 단오장 종합 안내소 앞에 선 보리. 하지만 방송을 해도 가족들이 들을 수 없기에 보리는 도움을 요청하기를 포기한다. 멍하니 단오장을 보다가 뒤로 돌자, 눈앞에 경찰서가 보인다.

그 순간 폭죽이 터지며 큰 소리가 나자 보리는 몸을 돌려 불꽃을 본다. 엄청나게 큰 불꽃이 하늘에서 퍼진다. 하늘을 바라보던 보리는 얼른 눈을 감고 손을 모으고 소원을 빈다.

S# 10. 경찰서 안 / 밤

엉엉 울고 있는 보리. 보리를 달래고 있는 경찰관.

경찰관 너무 울지만 말고, 뭘 알아야 도와주지. 엄마는 뭐 입었고 아빠는 뭐 입었는지, 동생도 뭐 입었는지 하나씩 말해 볼까? 응? (어떻게 달랠지 고민하다) 밥은 먹었어? 배고프지? 짜장면 어때? 아니면 짬뽕?

보리 (울음을 조금씩 그치며) 짜장면?

경찰관 (웃으며) 알았어.

보리 엄마는 원피스…….

경찰관 아빠는?

보리 (크게 울며) 아빠는 청색 셔츠.

경찰관 동생은?

보리 동생은 체육복. 아, 여기 화상 전화기 없죠? 그냥 전
화기 쓸 수 있어요?

경찰관 그럼. (휴대 전화를 주며) 여기.

휴대 전화를 들어 번호를 입력하고 전화를 거는 보리.

보리 여보세요? 고모?

경찰서가 떠나갈 듯 울음을 터트린다. 옆에 있던 경찰관이 핸드
폰을 이어 받는다. 보리의 울음은 계속된다.

S# 12. 경찰서 안 / 밤

경찰서 문으로 가족이 들어온다. 가족을 본 보리는 짜장면을 입
에 문 채로 엄마에게 안긴다.

경찰관 (낮은 자세로 보리를 보며) 학교 한번 놀러 갈게. 또
보자.

보리 감사합니다.

인사하며 경찰서를 나서는 보리네 가족.

S# 32. 보리네 거실 / 낮

보리는 식탁에 앉아 밥을 먹고 있다. 엄마와 아빠는 텔레비전을 보면서 수어로 대화한다.

엄마   (수어) 유재석 잘해. 혼자.
아빠   (수어) 유재석 달리기도 잘해.
엄마   (수어) 몇 시에 나가?
아빠   (수어) 한 시 삼십 분.

보리는 밥을 먹다 말고 엄마, 아빠의 손을 뚫어지게 쳐다본다. 한숨을 내쉬며, 밥을 남긴 채 방 안으로 들어간다.

S# 33. 보리의 방 / 낮

거울 앞에 선 보리. 자신을 뚫어지게 보다가, 귀를 만져 보고 새끼손가락으로 귀를 후비기도 한다.

S# 37. 학교 교실 / 낮

수업이 한창인 교실. 은정과 보리는 공책으로 대화를 나누고 있다. 선생님의 눈치를 보는 보리와 은정. 공책의 내용. 파란 글씨는 보리, 녹색 글씨는 은정이다.

은정   (글자) 왜 소리를 잃고 싶어?

보리   (글자) 몰라.

은정   (글자) 왜, 뭔데?

보리   (글자) 집에 있으면…….

은정   (소리 내어) 집에 있으면 왜?

선생님   (˚V. O.) 누구야?

눈치를 보는 은정과 보리. 수업을 듣는 척한다. 쓰다 만 보리의 글이 보인다.

"집에 있으면 혼자인 것 같은 기분."

가운데 줄거리 여름 방학의 어느 날, 보리가 바다에 빠지는 사고가 일어난다. 그때부터 보리는 소리가 들리지 않는다며 가족들과 수어로 대화한다.

S# 58. 동네 골목 / 오전

소시지를 먹으며 걷고 있는 보리와 정우.

정우   (수어) 귀 안 들려?

보리   (수어) 응.

정우   (수어) 이제 학교 재미없어.

보리   (수어) 왜?

˚ V. O.: 연기자가 화면에 보이지 않는 상태에서 대사가 들리는 것. Voice Over의 준말.

정우 (수어) 지루해. 무슨 말 하는지 모르니까. 누나는 말하
      는 걸 보고 금방 알 수 있을 거야. 나는 어려워.

보리 (수어) 수업 시간에 뭐 해?

정우 (수어) 나는 자거나 그림 그려. 선생님도 이해해. 선
      생님도 내가 어려울 거야.

보리 (수어) 친구들은?

정우 (수어) 축구할 때 빼고 잘 안 놀아. 나 혼자 놀아.

보리 (수어) 오늘 축구 연습하러 가는 날 아니야?

정우 (수어) 맞아.

보리 (수어) 안 가? 왜?

대답을 하지 않는 정우.

S# 59. 보리네 거실 / 오전

직접 끓인 짜장라면을 맛있게 먹는 정우와 보리.

보리는 아까 대답을 듣지 못한 일이 문득 생각난 듯 정우를 툭
건드린다.

보리 (수어) 축구 안 가?

정우는 본체만체하며 한입 크게 입에 물고,

정우 (수어) 나, 후보.

보리   (수어) 왜? 너 잘하잖아.

정우   (수어) 나 안 들린다고 연습 뺐어.

보리   (수어) 축구랑 안 들리는 거랑 상관없잖아.

정우   (입 모양으로) 몰라.

짜장라면을 마구 먹는 정우.

정우   (수어) 먹고 갈 거야. 혼자 연습하러.

S# 64. 보리네 거실 / 낮

은정   (V. O.) 보리야. 나보리!

*초인 등이 번쩍거린다. 은정과 같이 소파에 앉는 보리. 수어를 모르는 은정, 말과 과한 몸짓을 취하며,

은정   (몸을 움직이는데 터무니없는 동작을 하면서) 집에 아
　　　　무도 없어?

보리는 웃으며 고개를 끄덕인다. 놀라는 은정.

은정   내가 지금 뭐 말했는지 알아들어?

* 초인 등: 사람을 부르는 신호로 불을 깜빡거리는 등.

고개를 끄덕이는 보리. 은정, 방에서 스케치북을 가져온다.

은정   자 여기다 써 봐. 내가 뭐라고 했는지.

스케치북에 글을 적는 보리.

보리   (글자) 집에 아무도 없어?
은정   오!

스케치북을 가운데로 색연필을 들고 마주 앉은 보리와 은정.
스케치북에 글을 쓰기 시작한다. 서로 다른 색연필을 사용한다.

은정   (글자) 오늘 뭐 할까?
보리   (글자) 부탁이 있어.
은정   (글자) 뭔데?
보리   (글자) 너희 아빠 이장이잖아.
은정   (글자) 우리 아빠 왜?
보리   (글자) 정우가 축구팀 하잖아.
은정   (글자) 정우 축구 잘하잖아.
보리   (글자) 정우가 후보래.

스케치북을 보던 은정이 갑자기 화를 내며,

은정 뭐? 말도 안 돼. 정우가 학년 중에서 축구도 제일 잘
     하고 달리기도 제일 빠르잖아. 근데 주전이 아니야?
     알았어. 아빠한테 한번 이야기해 볼게.
보리 (웃으며 음성으로) 고마워.
은정 아이, 고맙긴. (문득 깜짝 놀라며) 야, 너!

보리를 뚫어지게 보는 은정.

보리 응, 나 들려.
은정 너 뭐야. 안 들리는 척하는 거야?
보리 응, 나 답답해서 죽는 줄 알았어. 말하고 싶은데 말
     할 수도 없고. 비밀이야. 알지?
은정 당연하지. 야, 근데 지금도 소리 잃고 싶어?
보리 (생각하다가) 잘 모르겠어.
은정 일단 놀자.

S# 69. 나무 밑 / 저녁
거대한 아름드리나무 밑에 앉은 보리와 은정.

은정 근데 왜 거짓말을 하는 거야?
보리 몰라.
은정 소리 잃고 싶기나 해?
보리 그래서 바다에 뛰어들었잖아.

은정　근데 지금 들리잖아.

보리　그러니까……. 나도 잘 모르겠어. 집에 있으면 혼자
　　　인 것 같고, 또 엄마랑 아빠랑 정우 보고 있으면 되게
　　　행복해 보여. 뭔가 나만 다른 사람 같은 거?

은정　에이, 다르긴 뭐가 달라. 나는 집에 있잖아? 엄마랑
　　　아빠랑 말 한마디도 안 해. 너 학교 끝나면 아빠랑 낚
　　　시하잖아. 난 그것도 되게 부럽다. 난 집에 가면 맨날
　　　전화 받아. 지겨워.

보리가 멀리 시선을 던지며 골똘히 생각에 잠긴다.

S# 71. 병원 진료실 / 낮

보리와 정우는 의자에 앉아 있고, 고모와 의사 선생님이 대화를
나누고 있다.

의사　지금 보리 같은 경우는 아직 정확한 원인을 알 수가
　　　없어요. 수술을 할 수는 있는데, 수술을 한다고 해서
　　　청력이 더 좋아지리라고 제가 장담을 드리기 어렵고
　　　요. 정우 같은 경우는 보시면 인공 와우 수술이 가능
　　　합니다.

고모　그러면 저 그거……, 인공 와우 수술 그거 하면은
　　　들을 수는 있어요?

의사　소리가 명확하게 들린다고 할 수는 없어요. 하지만

자동차 클랙슨 소리나 경보음 이런 것들은 정확하게 인지가 가능하고요. 수술하고 나서 가급적 물에 들어가선 안 되고 심한 운동을 할 경우에 어지러울 수 있어요. 축구라든지 농구라든지 이런 뛰는 운동은 조심해 주셔야 되고, 수영은 당연히 안 되겠죠.

운동을 못 한다는 말에 보리는 정우를 쳐다본다.

정우 (수어) 왜?
의사 심한 운동을 삼가야 한다는 것만 정확하게 전달해 주시면 될 것 같습니다.
고모 감사합니다.

S# 82. 보리네 마당 / 밤

어두운 표정의 보리. 평상 모기장 안에 누워 있다. 옆에는 정우도 같이 누워 있다. 정우가 일어나 보리를 보고는

정우 (수어) 오늘 왜 그래?

보리 고개를 젓는다.

정우 (수어) 고민할 때 표정.
보리 (조금 놀라며) (수어) 어떻게 알아?

정우 (수어) 표정 보면 알지.

보리 (수어) 오늘 옷 사는데 엄마가 안 들리는 걸 알고,
　　　흉보는 옷 가게 주인이 미워서.

정우 (수어) 나도 친구들이 대화할 때, 기다렸다가 물어
　　　보면 나한테 이야기 안 해 줘. 그래서 나는 내 욕하는
　　　것 같다고 생각해.

왠지 알 것 같다는 표정의 보리.

보리 (수어) 너 귀 수술하고 싶어?

정우 (수어) 또 왜 물어봐?

보리 (수어) 소리 듣고 싶어?

정우 (수어) 소리가 듣고 싶다기보다는 친구들이랑 대화
　　　하고 싶어. 친구들이 모두 다 수어 할 수 있으면 좋겠어.

정우를 보며 생각에 잠기는 보리.

S# 85. 보리네 거실 / 아침

식탁에서 정우와 고모, 그리고 보리와 엄마가 아침을 먹고 있다.

고모 아니 세상에 반찬을 이렇게 많이 했어. 부지런도
　　　해. (잠깐 망설이다)정우 수술하기로 했어.

고모는 정우에게 수술을 하면 좋아진다고 한껏 기대감을 드러
낸다. 보리는 고모가 정우에게 수술하면 운동을 못 한다고 말하지
않는 것이 불편하다.

고모　(할 말을 적어서 보여 주며) 수술 날짜 10일. 달력 봐.
정우　(수어) 나, 축구.
엄마　(수어) 축구. 10일.
고모　(다시 적어 보여 주며) 걱정 마. 감독님한테 말했어.
　　　좋지?

마음이 더 복잡해지는 보리.

엄마　(수어) 보리는?
고모　보리? 보리는 아직 검사 더 받아야 돼. 안 돼, 보리
　　　는.

S# 89. 보리네 마당 / 저녁
평상에서 피자를 먹는 보리네 가족. 보리가 엄마, 아빠, 정우의
시선을 모은다.

보리　(수어) 나 안 들리니까 좋아?
아빠　(수어) 무슨 말이야? 안 들리니까 좋다니?
엄마　(수어) 왜?

정우　(수어) 나는 안 좋아. 피자, 치킨 주문 전화 못 해.

정우의 말에 아빠와 엄마가 웃는다.

엄마　(수어) 안 들린다고 했을 때 슬펐어. 마음이 많이. 시
　　　간 지나니까 괜찮아. 보리 수어 많이 늘었어.
아빠　(수어) 맞아. 보리 예전에는 공책에 쓰고 대화했는
　　　데 이제는 안 그래. 이제는 잘해.

고개를 끄덕이는 정우. 가만히 생각해 보니 그런 듯한 보리. 다
시 가족의 시선을 모은다.

보리　(수어) 정우 수술 안 해도 괜찮아?
엄마　(수어) 그럼.
아빠　(수어) 정우 들리든 안 들리든 우리 똑같아.
보리　(수어) 수술 안 해도 괜찮아?
정우　(수어) 왜 자꾸 물어봐? 나 수술 안 했으면 좋겠어?

고개를 끄덕이는 보리.

아빠　(수어) 왜 정우 수술 안 했으면 좋겠어?

심호흡을 하는 보리.

보리 (수어) 정우 수술하면 축구 못 해.

엄마 (수어) 누가 그래?

잠시 고민하는 보리.

보리 (수어) 병원에서 들었어. 수술하면 축구도 못 하고
　　　수영도 못 하고 어지럽대. 고모는 들었는데 정우한테
　　　이야기 안 해.

어리둥절한 표정의 가족들.
물끄러미 보리를 바라보는 가족들. 가족들의 눈치를 보는 보리.

정우 (수어) 수술하면 축구 못 해?

엄마 (수어) 너 들려?

정우가 보리를 재촉하며,

정우 (수어) 수술하면 축구 못 해?

보리 (참았던 눈물을 터트리고 소리를 내면서) 그래! 못 한
　　　다고 몇 번을 말해!

보리의 눈물에 아빠는 보리를 감싸안아 준다.

S# 94. 보리네 거실 / 낮

정우의 축구 대회 날이자 수술 날짜였던 10일. 정우는 축구 결승전에 출전하여 경기를 하는 중이다.

보리와 아빠는 텔레비전으로 정우가 활약하고 있는 경기를 본다. 긴장하며 보다가 전반전이 끝나자 잠시 안도의 한숨을 내쉰다. 그때 초인 등이 깜빡이고 은정 아빠가 중국집 배달 가방을 들고 집으로 들어온다.

은정 아빠   정우 잘하고 있니?

보리   전반전 이제 끝났는데 영 대 영이에요.

은정 아빠   (배달 가방에서 짬뽕과 짜장면을 꺼내며) 정우가
　　　골을 넣어야 되는데.

보리   짬뽕 안 시켰는데? 짜장면은 왜 네 개예요?

은정 아빠   너희 아빠 짬뽕이잖아. 짜장면은 아저씨가 먹으
　　　려고.

보리   나머지 두 개는요?

은정 아빠   하나는 아빠가 더 먹고, 하나는 은정이 올 거야.

아빠   (수어) 왜 많아?

보리   (수어) 하나는 아빠 먹고 하나는 은정이 와.

아빠   (알겠다는 표정)

은정 아빠   자, 먹자. (들어오는 은정을 보며) 오, 내 딸 왔어!

은정   (보리를 보며) 야, 어떻게 됐어?

보리 아직 영 대 영.

은정 아빠 (텔레비전을 보더니) 어? 자, 시작한다. 시작!

아나운서 (V. O.) 후반전 경기 시작했습니다. 교체된 선수
  가 있네요. FC 주문의 에이스인 나정우 선수를 쉬게
  하고 있어요. 풋살의 경우 일반 축구와는 달리 선수
  교체가 좀 더 용이한데요, 아마 감독이 나정우 선수의
  체력을 보충하고 경기 후반에 투입하려고 하는 것 같
  습니다.

보리 아저씨, 고마워요.

은정 아빠 뭐가?

보리 정우 주전 아니었을 때 해결해 준 거요.

은정 아빠 그거? 그거는 정우가 잘 이겨 낸 거야. 감독도
  많은 생각을 했더라고. 정우가 안 들리니까 수비할 때
  균형이 깨져서 잠깐 빼 본 거래. 정우 빼니까 무슨 공
  격이 되나. 감독이 나한테 하소연을 하더라고. 아, 근데
  왜 정우는 안 넣는 거야? 저 봐, 저 봐. 공격이 되나.

S# 95. 풋살 경기장 / 낮

감독이 정우에게 상황판을 보여 주며 전술을 설명하고, 정우는
선수 교체를 기다린다. 곧이어 교체 투입되는 정우.

S# 98. 보리네 거실 / 낮

아나운서 (V. O.) 자, 지금부터 승부차기가 진행됩니다.

양 팀에서 번갈아 공을 차고, 승부차기는 어느덧 정우의 차례만을 앞두고 있다.

아나운서 (V. O.) 자, FC 주문의 마지막 순서, 나정우 선수가 이 골을 넣으면 우승이죠. 나정우 선수 아마 상당히 긴장이 될 겁니다. 한숨을 쉬어 보는 나정우 선수. 자 어느 쪽으로 찰지? 어? 왼발로 킥을 차려고 자세를 바꾸고 있네요. 이건 마치 메시를 연상케 하는 그런 장면이 아닌가 싶습니다. 자, 나정우 선수, 넣으면 우승입니다!

숨죽인 채 텔레비전을 바라보는 넷.

S# 99. 풋살 경기장 / 낮
심호흡을 하고 공을 차는 정우. (고속) 발이 공에 닿는 순간 *블랙아웃.

S# 101. 교문 앞 / 아침
가방을 메고 걸어오는 보리와 은정. 교문 위에 현수막이 걸려 있다.

* 블랙아웃: 연극에서, 무대를 어둡게 만드는 것. 여기에서는 화면을 갑자기 검은 색으로 만드는 연출 기법을 의미함.

'제5회 청룡컵 유소년 풋살 대회 준우승'

은정   아깝다. 그치?

보리   정우, 엄청 울었어.

은정   그래도 신문에 정우 나왔어. 스타야, 아빠가 좋아하
       더라고. 그래도 정우가 득점왕이잖아.

웃어 보이는 보리. 교정을 지나는 보리와 은정. 음악이 흐른다.

S# 102. 교실 안 / 낮

은메달을 손에 들고 친구들에게 둘러싸여 해맑게 웃고 있는 정우.

S# 103. 해안 도로 / 오후

보리가 혼자 해안 도로를 걷고 있다. 보리가 손에 쥐고 있던 물건을 내려다본다. 나자르 본주 부적이다.

보리는 더는 소원이 필요 없다는 걸 보여 주듯 부적을 바다에 던져 버리고, 홀가분해진 걸음을 성큼성큼 옮긴다.

「나는 보리」를 읽고 다음 물음에 답해 봅시다.

1. 등곳길 서낭당에서, 그리고 불꽃놀이를 보면서 보리가 어떤 소원을 계속 빌었으며 그 이유는 무엇인지 적어 봅시다.

   • 보리가 빌었던 소원: _____

   • 소원을 빈 이유: _____

   _____

2. 생각하며 나자르 본주 부적을 버리는 행동에 담긴 보리의 의도를 추측해 봅시다.

3. 이 글에서 가장 인상적인 장면이나 대사를 고르고 그 이유를 말해 봅시다.

나가며

　지금까지 우리는 등장인물들이 다양한 고민을 해결해 가며 성장하는 모습을 담은 작품을 읽어 보았습니다. 어떻게 보셨나요? 「옥수수 뺑소니」에서는 주인공 현성이 처음에는 이기적으로 행동하다가, 옥수수 아저씨의 안쓰러운 상황을 알게 되면서 연민과 양심의 가책을 느끼며 옳은 선택을 하게 되는 성장을 목격할 수 있었습니다.

　「자전거 도둑」에서는 돈만 아는 어른들에 비해 양심적인 소년 수남이 고민 끝에 옳은 선택을 내린 이야기를 통해 도덕적인 삶에 대해서 생각해 볼 수 있었습니다.

　「어느 날 자전거가 내 삶 속으로 들어왔다」에서는 새로운 도전을 통해 글쓴이가 얻은 깨달음을 파악하고 여러분의 경험도 함께 나누며 삶의 교훈을 생각해 보는 시간을 가졌습니다.

　마지막으로 「나는 보리」에서는 수어로 소통하는 가족들 사이에서 외로움을 느끼는 보리가 가족과의 관계를 고민하고 해결해 나가는 과정에서 한층 성장한 주인공의 모습을 발견할 수 있었습니다.

이처럼 성장을 다룬 문학 작품을 읽으면 독자들은 등장인물의 경험을 간접적으로 경험하며 새로운 가치를 발견하고 성장할 수 있는 기회를 얻을 수 있습니다. 다양한 작품을 접하며 여러분의 몸과 마음도 쑥쑥 자랄 수 있길 바랍니다.

3부

부딪히고 얽히며

갈등

들어가며

갈등이란 말을 들어 본 적 있나요? 갈등은 칡 '갈(葛)'과 등나무 '등(藤)'이라는 글자가 합쳐진 말인데, 칡 줄기는 오른쪽으로, 등나무 줄기는 왼쪽으로 나무를 올라타 자란다고 해요. 그러니 두 식물이 함께 있으면 그 줄기가 서로 얽히며 복잡한 모습이 되겠지요? 이와 같이 문학 작품에서 **갈등**이란 인물의 마음속에 여러 가지 생각이 얽혀 있거나 인물과 다른 인물 또는 인물과 외부 환경이 서로 반대되거나 어긋나는 관계에 있음을 나타내는 말로 쓰여요.

갈등은 크게 내적 갈등과 외적 갈등으로 나눌 수 있어요. 내적 갈등이란 한 인물의 마음속에서 두 가지 이상의 욕구가 동시에 일어나서 생기는 갈등을 말해요. 애니메이션 「겨울 왕국」에서 동생인 안나가 언니인 엘사의 방문을 두드리며 같이 놀자고 제안했을 때, 엘사는 '밖으로 나가서 놀까? 나가지 말까?' 고민해요. 바로 이런 상황에서 엘사는 내적 갈등을 겪는다고 볼 수 있지요.

외적 갈등은 한 인물과 다른 인물 또는 인물을 둘러싼 외부 환경을 두고 벌어지는 갈등을 말해요. 앞서 이야기한

「겨울 왕국」에서 엘사는 안나에게 같이 놀지 않겠다며, 가 버리라고 말합니다. 이러한 안나와 엘사 사이의 충돌이 바로 인물과 인물 간의 외적 갈등입니다.

문학 작품에서 갈등은 다양한 역할을 해요. 인물의 성격이나 다른 인물과의 관계를 드러내고, 사건을 일으켜 독자의 흥미를 유발하기도 해요. 갈등은 작품의 주제를 나타내는 데 중요한 역할을 하기도 한답니다. 따라서 갈등을 파악하고 이해하면 이야기를 깊이 있게 이해할 수 있어요.

앞으로 문학 작품을 함께 읽으며 갈등이 어떻게 진행되고 해결되는지 파악해 보아요.

● 작품 한눈에 보기

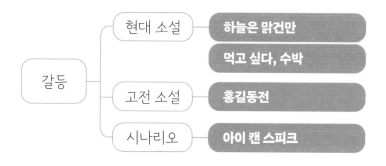

하늘은 맑건만

현덕

　*중문 안 *안반 뒤에 숨기어 둔 공이 간 데가 없다. 팔을 넣어 아무리 더듬어도 *빈탕이다. 문기는 가슴이 두근거리기 시작하였다.

　'혹 동네 아이들이 집어 갔을까?'

　도리어 그랬으면 다행이다. 만일에 그 공이 숙모 손에 들어가기나 했으면 큰일이다.

　문기는 아무 일 없는 태도로 전일과 다름없이 안마당에서 화초분에 물을 준다. 그러면서 연해 숙모의 눈치를 살핀다. 숙모는 부엌에서 저녁을 짓는다. 마루로 부엌으로 오르고 내릴 때 얼굴이 마주치는 것이나 문기는 자기를 보는 숙모 눈

---

* 중문: 대문 안에 세운 문.
* 안반: 떡을 칠 때에 쓰는 두껍고 넓은 나무 판.
* 빈탕: 실속이 없는 것을 비유적으로 이르는 말.

에 별다른 것이 없다 싶었다. 문기는 차츰 생각을 고친다.

'필시 공은 거지나 동네 아이들이 집어 갔기 쉽지. 그렇잖으면 작은어머니가 알고 가만있을 리 있나.'

조금 후 문기는 아랫방으로 내려갔다.

그리고 책상 서랍을 열어 보았을 때 문기는 또 좀 놀랐다. 서랍 속에 깊숙이 간직해 둔 쌍안경이 보이질 않는다. 그것뿐이 아니다. 서랍 안이 뒤죽박죽이고 누가 손을 댔음이 분명하다.

'인제 얼마 안 있으면 작은아버지가 회사에서 돌아오시겠지. 그리고 필시 일은 나고 말리라.'

문기는 책상 앞에 돌아앉아 책을 펴 들었다.

그러나 눈은 아물아물 가슴은 두근두근 도시 글이 읽어지질 않는다.

며칠 전 일이다. 문기는 저녁에 쓸 고기 한 근을 사 오라고 숙모에게 °지전 한 장을 받았다. 언제나 그맘때면 사람이 붐비는 삼거리 고깃간이다. 한참을 기다려서 문기 차례가 왔다. 문기는 지전을 내밀었다. 뚱뚱보 고깃간 주인은 그 돈을 받아 °둥구미에 넣고 천천히 고기를 베어 저울에 단 후 종이에 말아 내밀었다. 그리고 그 거스름돈으로 지전 아홉 장과 그 위에 은전 몇 닢을 얹어 내주는 것이 아닌가. 문기는 어리둥절하였다. 처음 그 돈을 숙모에게 받을 때와 고

* 지전: 지폐.
* 둥구미: 짚으로 둥글고 깊게 엮어 만든 그릇.

깃간 주인에게 내밀 때까지도 일 원짜리로만 알았던 것이다. 문기는 돈과 주인을 의심스레 쳐다보았다. 허나 그는 다음 사람의 고기를 베느라 분주하다. 문기는 *주뼛주뼛하는 사이 사람에게 밀려 뒷줄로 나오고 말았다. 그러나 다시 생각하면 정말 숙모가 일 원짜리를 준 것인지 아닌지 모르겠다. 아니라면 도리어 큰일이 아닌가. 하여튼 먼저 숙모에게 알아볼 일이었다. 문기는 집을 향해 돌아가면서도 연해 고개를 기웃거리며 그 일을 생각하였다. 내가 잘못 본 것인가, 고깃간 주인이 잘못 본 것인가 하고.

골목 모퉁이를 꺾어 돌아섰다. 서너 간 앞을 서서 동무 수만이가 간다. 문기는 쫓아가 그와 나란히 서며

"너 집이 인제 가니?"

하고 어깨에 손을 걸고

"이거 이상한 일 아냐?"

"뭐가 말야?"

"고길 사러 갔는데 말야. 난 일 원짜리로 알구 냈는데 십 원으로 거슬러 주니 말야."

"정말야? 어디 봐."

문기는 손바닥을 펴 돈과 또 고기를 보였다. 수만이는 잠시 눈을 끔벅끔벅 무슨 궁리를 하는 듯 문기 얼굴을 보고 섰더니

"너 이렇게 해 봐라."

* 주뼛주뼛하다: 어줍거나 부끄러워서 자꾸 주저주저하거나 머뭇거리다.

"어떻게 말야?"

"먼저 잔돈만 너이 작은어머니에게 주거든."

"그리고 어떡해."

"그리고 아무 말 없거든 내게로 나와. 헐 일이 있으니."

"무슨 헐 일?"

"글쎄, 그러구만 나와. 다 좋은 일이 있으니."

마침내 문기는 수만이가 이르는 대로 잔돈만 양복 주머니에서 꺼내 놓았다. 숙모는 그 돈을 받아 두 번 자세히 세 보고 주머니에 넣고는 아무 말 없이 돌아서 고기를 썻는다. 그래도 문기는 한동안 머뭇머뭇 눈치를 보다가 슬며시 밖으로 나갔다. 그리고 문밖엔 수만이가 이상한 웃음으로 그를 맞이하였다.

수만이가 있다던 좋은 일이란 다른 것이 아니었다. 거리에서 보고 지내던 온갖 가지고 싶고 해 보고 싶은 가지가지를 한번 모조리 돈으로 바꾸어 보자는 것이다.

그러나 문기는

"돈을 쓰면 어떻게 되니."

"염려 없어. 나 하는 대로만 해."

하고 머뭇거리는 문기 어깨에 팔을 걸고 수만이는 우쭐거리며 길음을 옮긴다.

하긴 문기 또한 돈으로 바꾸고 싶은 것이 없지 않은 터, 그리고 수만이가 시키는 대로 하기만 하면 남이 하래서 하는 것이니까 어떻게 자기 책임은 없는 듯싶었다. 그리고 수만이는 수만이대로 돈은 문기가 만든 돈, 나중에 무슨 일이 난다 하여도 자기 책임은 없으니까 또 안심이었다. 이래서 두 소년은 마침내 °손이 맞고 말았다.

그래도 으슥한 골목을 걸을 때에는 알 수 없는 두려움에 가슴이 두근거리었으나 밝은 큰 °한길로 나오자 차차 다른 기쁨으로 변했다. 길 좌우편 환한 상점 유리창 안의 온갖 것이 모두 제 것인 양, 손짓해 부르는 듯했다. 드디어 그들은 공을 샀다. 만년필을 샀다. 쌍안경을 샀다. 만화책을 샀다. 그리고 °활동사진 구경도 갔다. 다니며 이것저것 군것질도 했다.

그리고 그 나머지 돈으로 또 한 가지 즐거운 계획이 있었다. 조그만 °환등 기계 한 틀을 사자는 것이다. 이것을 놀려 아이들에게 일 전씩 받고 구경을 시킨다. 그리고 여기서 나오는 것으로 두고두고 용돈에 주리지 않도록 하자는 계획이다. 하고 오늘 저녁부터 그 첫 착수를 하자는 약조였다.

그러나 이 즐거운 계획을 앞두고 이내 올 것은 오고 말았다. 안방에서 저녁상을 받고 앉았던 삼촌은 문기를 불렀다. 두 번 세 번 문기야, 소리가 아랫방 창을 울린다. 방 안에서 문기는 못 들은 양 대답지 않는다. 그러나 네 번째는 안방

° 손이 맞다: 무슨 일을 하는 데 의견이 맞다.

° 한길: 사람이나 차가 많이 다니는 넓은 길.

° 활동사진: '영화'의 옛말.

° 환등 기계: 불빛을 사진 필름에 비춘 뒤 영상을 확대하여 크게 보여 주는 기계.

미닫이를 열고 삼촌은

"문기 아랫방에 없니?"

*댓돌 위에 신이 놓여 있는데 없는 양할 수는 없다. 기어이 문기는 그 삼촌 앞에 나가 무릎을 꿇고 앉지 않을 수 없었다. 삼촌은 잠잠히 식사를 계속한다. 그 상 밑에, 안반 뒤에 숨겨 두었던 공이 와 있다. 상을 물릴 *임시에 삼촌은 입을 열었다.

"너 요새 학교에 매일 갔었니?"

"네."

삼촌은 상 밑에 그 공을 굴려 내며

"이거 웬 공이냐?"

"수만이가 준 공예요."

"이것두?"

하고 삼촌은 무릎 밑에서 쌍안경을 꺼내 들었다.

"네."

"수만이란 얼마나 돈을 잘 쓰는 아인지 몰라두 이 공은 오십 전은 줬겠구나. 이건 못 줘두 일 원은 넘겨 줬겠구."

그리고 삼촌은

"수만이란 뭣 하는 집 아이냐?"

문기는 고개를 숙이고 앉아 말이 없다. 삼촌은 숭늉을 마시고 상을 물렸다.

---

* 댓돌: 집채의 앞뒤에 오르내릴 수 있게 놓은 돌층계.
* 임시: 정해진 시간에 이름. 또는 그 무렵.

"네 입으로 수만이가 줬다니 네 말이 옳겠지. 설마 늬가 날 속이기야 하겠니. 하지만 남이 준다고 아무것이고 덥적덥적 받는다는 것두 좀 생각해 볼 일이거든."

삼촌은 다시 말을 계속한다.

"말 들으니 너 요샌 저녁두 가끔 나가 먹는다더구나. 그것 두 수만이에게 얻어먹는 거냐?"

문기는 벌겋게 얼굴이 달아 수그리고 앉았다. 삼촌은 잠시 묵묵히 건너다만 보고 있더니 음성을 고쳐 엄한 어조로,

"어머님은 어려서 돌아가시구 아버지는 저 모양이시구, 앞으로 집안을 일으킬 사람은 너 하나야. 성실치 못한 아이들하고 *얼려 다니다 혹 나쁜 데 빠지거나 하면 첫째 네 꼴은 뭐구 내 모양은 뭐냐. 난 너 하나는 어디까지든지 공부도 시키구 사람을 만들어 주려구 앤데 너두 그 뜻을 받아 주어야 사람이 아니냐."

그리고 삼촌은 어떻게 *뒤뚝 맘 한번 잘못 가졌다가 영 신세를 망치고 마는 예를 이것저것 들어 말씀하고는 이후론 절대 이런 것 받아들이지 말라는 단단한 다짐을 받은 후 문기를 내보냈다.

문기는 아랫방에 내려와 혼자 되자 삼촌 앞에서보다 갑절 얼굴이 달아올랐다. 지금까지 될 수 있는 대로 생각지 않으려고 힘을 써 오던 그편에 정면으로 제 몸을 세워 놓고 보지

* 얼리다: '어울리다'의 준말.
* 뒤뚝: 물체가 중심을 잃고 한쪽으로 기울어지는 모양. 여기서는 '자칫'의 뜻.

않을 수 없었다. 그러자 자기라는 몸은 벌써 삼촌의 이른바 나쁜 데 빠지고 만 것이었다. 그야 자기는 수만이가 시켜서 한 일이니까 잘못이 없다는 것이지만 *당초에 그것은 제 허물을 남에게 미루려는 얄미운 구실이 아니고 뭐냐. 그리고 문기는 이미 삼촌을 속이었다. 또 써서는 아니 될 돈을 쓰고 말았다. 아아, 일찍이 어머니를 여의고 아버지란 사람은 일상 천량만량하고 *허한 소리만 하면서 남루한 주제에 거처가 없이 시골 서울로 돌아다니는 사람이고, 어려서부터 문기를 길러 낸 사람이 삼촌이었다. 그리고 조카의 장래를 자기의 그것보다 더 중히 알고 염려하며 잘되어 주기를 바라는 삼촌이었다. 문기도 그 삼촌의 기대에 어그러지지 않는 인물이 되어 보이겠다고 엊그제도 주먹을 쥐고 결심하던 문기가 아니냐. 생각할수록 낯이 뜨거워지는 일이다.

마침내 문기는 공과 쌍안경을 집어 들고 문밖으로 나갔다. 어둑어둑 저물어 가는 한길이다. 문기는 골목으로 들어섰다. 대낮에 많은 사람 가운데서 거리낌 없이 가지고 놀던 그 공이 지금은 사람이 드문 골목 안에서도 남이 볼까 두려워졌다. 컴컴해질수록 더 허옇게 드러나 보이는 커다란 공을 처치하기에 곤란해 문기는 옆으로 꼈다 뒤로 돌렸다 하며 사람의 눈을 피한다. 쌍안경이 든 불룩한 주머니가 또 *성화

* 당초: 일이 생기기 시작한 처음.
* 허하다: 옹골차지 못하고 약하다.
* 성화: 몹시 귀찮게 구는 일.

다. 골목 하나를 돌아서 나올 즈음 문기는 모르고 흘리는 것
인 양 슬며시 쌍안경을 꺼내 길바닥에 떨어뜨리었다. 그리고
걸음을 빨리 건너편 골목으로 들어간다. 개천가 앞에 이르렀
다. 거기서 문기는 커다란 공을 바지 앞에 품고 앉아서 길 가
는 사람이 없기를 기다린다.

자전거가 가고 노인이 오고 *동이 뜬 그 중간을 타서 문기
는 허옇게 흐르는 물 위로 공을 던져 버리었다. 이어 양복
안주머니에 간직해 두었던 나머지 돈을 꺼내 들었다. 그것
도 마저 던져 버리려다가 문득 들었던 손을 멈춘다. 그리고
잠시 둥실둥실 물을 따라 떠나가는 공을 통쾌한 듯 바라보
다가는 돌아서 걸음을 옮긴다.

문기는 삼거리 고깃간을 향해 갔다. 그리고 골목으로 돌
아가 나머지 돈을 종이에 싸서 담 너머로 그 집 안마당을 향
해 던졌다.

그제야 문기는 무거운 짐을 풀어 놓은 듯 어깨가 거뜬했
다. 아까 물 위로 둥실둥실 떠가던 그 공, 지금은 벌써 십 리
고 이십 리고 멀리 떠갔을 듯싶은 그 공과 함께 문기는 자기
의 허물도 멀리 사라져 깨끗이 벗어난 듯 속이 후련했다. 그
리고

'다시는 다시는.'

하고 문기는 두 번 다시 그런 허물을 범하지 않겠다고 백
번 다지며 집을 향해 돌아간다.

* 동이 뜨다: 사이가 조금 생기다.

그러나 문기는 그것만으로는 도저히 자기 허물을 완전히 벗을 수 없었다. 그가 자기 집 어귀에 이르렀을 때 뜻하지 않은 것이 기다리고 있다 나타났다.

"너 어디 갔다 오니?"

하고 컴컴한 처마 밑에서 수만이가 튀어나오며 반긴다.

"지금 느이 집 다녀오는 길이다."

그리고 문기 어깨에 팔 하나를 걸고 한길을 향해 돌아서며

"어서 가자."

약조한 환등 틀을 사러 가자는 것이다. 극장 앞 장난감 가게에 있는 조그만 환등 틀을 오고 가는 길에 물건도 보고 *금도 보아 두었던 것이다. 그리고 오늘 낮에도 보고 온 것이언만 수만이는

"그새 팔리지나 않았을까?"

하고 걸음을 재촉한다. 문기는 생각 없이 몇 걸음 끌려가다가는 갑자기 그 팔을 쳐 내리며 물러선다.

"난 싫다."

수만이는 어리둥절해 쳐다본다.

"뭐 말야. 환등 틀 사기 싫단 말야?"

"난 인제 돈 가진 것 없다."

"뭐?"

하고 수만이는 의외라는 듯 눈이 둥그레지다가는 금세 능청스러운 웃음을 지으며

* 금: 물건의 값.

"너 혼자 두고 쓰잔 말이지? 그러지 말구 어서 가자."

"정말 없어. 지금 고깃간집 안마당으로 던져 주고 오는 길야. 공두 쌍안경두 버리구."

하고 문기는 증거를 보이느라고 이쪽저쪽 주머니를 털어보이는 것이나 수만이는 흥 하고 코웃음을 친다.

"누군 너만 못 *약을 줄 아니?"

그리고 연신 빈정댄다.

"고깃간집 마당으로 던졌다? 아주 핑계가 됐거든."

"거짓말 아니다. 참말야."

할 뿐, 문기는 어떻게 변명할 줄을 몰라 쳐다보기만 하다가 고개를 떨어뜨리고 울상을 한다.

"오늘 작은아버지에게 막 꾸중 듣구. 그리고 나두 인젠 그런 건 안 헐 작정이다."

"그래도 나구 약조헌 건 실행해야지. 싫으면 너는 빠져도 좋아. 그럼 돈만 이리 내."

하고 턱 밑에 손을 내민다.

"정말 없대두 그래."

수만이는 내밀었던 손으로 대뜸 멱살을 잡는다.

"이게 그래두 *느물거든."

이런 때 마침 기침을 하며 이웃집 사람이 골목으로 들어서자 수만이는 슬며시 물러선다. 그러나

---

* 약다: 자신에게만 이롭게 꾀를 부리는 성질이 있다.
* 느물다: 말이나 행동을 능글맞고 흉하게 하다.

"낼은 안 만날 테냐. 어디 두고 보자."

하고 피해 가는 문기 등을 향해 소리쳤다.

이튿날 아침이다. 학교를 가는 길에 문기가 큰 한길로 나오자 맞은편 *판장에 백묵으로 커다랗게 '김문기는' 하고 그 밑에 동그라미 셋을 쳐 '○○○했다' 하고 써 있다. 그리고 학교 어귀에 이르러 삼거리 잡화상 *빈지판에도 같은 것이 쓰여 있는 것이다. 문기는 이번에도 *무춤하고 보다가는 얼른 모자를 벗어서 이름자만 지워 버렸다. 그러는 것을 건너편 길모퉁이에서 수만이가 일그러진 웃음으로 보고 섰다. 그리고 문기가 앞으로 지나가자

"왜, 겁이 나니? 짓게."

하고 뒤를 오면서 작은 소리로

"그래, 정말 돈 너만 두고 쓸 테냐? 그럼 요건 약과다."

그리고 수만이는 추근추근하게 쫓아다니며 은근히 골리었다.

철봉 틀 옆에 정신없이 선 문기를 불시에 *다리오금을 쳐 골탕을 먹게 하였다. 단거리 경주 연습을 하는 척 달음박질을 하다가는 일부러 문기 앞으로 달려들어 몸째 부딪는다. 그리고 으슥한 곳에서 단둘이 만나는 때면 수만이는

---

* 판장: 널빤지로 친 울타리.

* 빈지판: 벽이 무너지지 않게 문지방 옆에 대는 널빤지 조각. '용지판'의 방언.

* 무춤하다: 놀라거나 어색한 느낌이 들어 갑자기 하던 짓을 멈추다.

* 다리오금: 무릎 뒤쪽의 오목한 부분.

"너, 네 맘대루만 허지. 나두 내 맘대루 헐 테다. 내 안 °풍 길 줄 아니? 풍길 테야."

하고 손을 들어 꼽는다.

"풍기기만 하면 첫째 학교에서 쫓겨날 것이요, 둘째 너희 집에서 쫓겨날 것이요, 그리고 남의 걸 훔친 거나 일반이니 까 또 그런 곳으로 붙들려 갈 것이요."

하고는 또

"풍길 테다."

사실 그다음 시간 교실을 들어갔을 때 문기는 크게 놀랐 다. 칠판 한가운데 '김문기는 ○○○했다.'가 커다랗게 쓰 여 있다. 뒤미처 선생님이 들어왔다. 일은 간단히 선생님이 한 번 쳐다보고 누구 장난이냐, 하고 쓱쓱 지워 버리고는 고 만이었지만 선생님이 들어오고 그것을 지우기까지의 그동 안 문기는 실로 앞이 캄캄했다.

그러나 수만이는 그것으로 고만두지 않았다. 학교를 파해 거리로 나와서는 한층 심했다. 두어 간 문기를 앞세워 놓고 따라오면서 연해 수만이는

"앞에 가는 아이는 공공공했다지."

그리고 점점 더해 나중엔 도적질을 거꾸로 붙여서

"앞에 가는 아이는 질적도했다지."

하고 거리거리 외며 따라오는 것이다.

문기 집 가까이 이르렀다. 수만이는 문기 앞으로 다가서

° 풍기다: 어떤 분위기가 나다. 여기서는 '소문내다'의 뜻.

며 작은 음성으로 °조졌다.

"너, 지금으로 가지고 나오지 않으면 넬은 가만 안 둔다. 도적질했다 하구 똑바루 써 놓을 테야."

문기는 여전히 못 들은 척 걸음만 옮긴다. 자기 집 마당엘 들어섰다. 숙모는 뒤꼍에서 화초 모종을 하는지 여기 심어라 저기 심어라 하고 아랫집 심부름하는 아이와 이야기하는 소리가 날 뿐 집 안엔 아무도 없다.

그리고 눈앞에 보이는 °붙장 안 앞턱에 잔돈 얼마와 지전 몇 장이 놓여 있다. 그리고 문밖엔 지금 수만이가 돈을 가지고 나오기를 기다리고 섰다. 여기서 문기는 두 번째 허물을 범하고 말았다.

"진작 듣지."

하고 빙그레 웃는 수만이 얼굴에다 뺨을 때리듯 돈을 던져 주고 문기는 달아났다.

급한 걸음으로 문기는 네거리 하나를 지났다. 또 하나를 지났다. 또 하나를 지났다. 걸음은 차차 풀이 죽는다. 그리고 문기는 이런 생각을 하였다.

'자기는 몰래 작은어머니 돈을 축냈다. 그러나 갚으면 고만 아니냐. 그 돈 값어치만큼 밥도 덜 먹고 학용품도 아껴 쓰고 옷도 조심해 입고, 이렇게 갚으면 고만 아니냐.'

몇 번이고 이 소리를 속으로 되뇌며 문기는 떳떳이 얼굴

● 조지다: 일이나 말이 허술하게 되지 않게 단단히 단속하다.
● 붙장: 물건을 보관하기 위하여 부엌 벽 안쪽이나 바깥쪽에 붙여 만든 가구.

을 들고 집으로 들어갈 수 있을 만한 ˚뱃심을 만들려 한다. 그러나 일없이 공원으로 거리로 돌며 해를 보낸다.

날이 저물어서 문기는 풀이 죽어 집 마루에 걸터앉았다. 숙모가 방에서 나오다 보고

"너 학교에서 인제 오니?"

그리고 이어

"너 혹 뚤장 안의 돈 봤니?"

하다가는 채 문기가 입을 열기 전에 숙모는

"학교서 지금 오는 애가 알겠니. 참 점순이 고년 앙큼헌 년이더라. 낮에 내가 뒤꼍에서 화초 모종을 내고 있는데 집을 간다고 나가더니 글쎄 돈을 집어 갔구나."

문기는 잠잠히 듣기만 한다. 그러나 속으로는 갚으면 고만이지 소리를 또 한 번 외어 본다.

그날 밤이었다. 아랫방 들창 밑에 훌쩍훌쩍 우는 어린아이 울음소리가 났다. 아랫집 심부름하는 아이 점순이 음성이었다. 숙모가 직접 그 집에 가서 무슨 말을 한 것은 아니로되 자연 그 말이 한 입 건너 두 입 건너 그 집에까지 들어갔고, 그리고 그 집 주인 여자는 점순이를 때려 쫓아낸 것이다. 먼저는 동네 아이들이 모여 지껄지껄하더니 차차 하나 가고 둘 가고 훌쩍훌쩍 우는 그 소리만 남는다. 방 안의 문기는 그 밤을 뜬눈으로 새웠다.

이튿날 아침이다. 문기는 밥을 두어 술 뜨다가는 고만둔

˚ 뱃심: 염치나 두려움이 없이 제 고집대로 버티는 힘.

다. 그 돈을 갚기 위한 그것이 아니다. 도시 입맛이 나지 않았다. 학교엘 갔다. 첫 시간은 *수신 시간, 그리고 공교로이 제목이 '정직'이다. 선생님은 뒷짐을 지고 교단 위를 왔다 갔다 하며 거짓이라는 것이 얼마나 악한 것이고 정직이 얼마나 귀하고 중한 것인가를 누누이 말씀한다. 그리고 안경 쓴 선생님의 그 눈이 번쩍하고 문기 얼굴에 머물렀다 가고 가고 한다. 그럴 때마다 문기는 가슴이 뜨끔뜨끔해진다. 문기는 자기 한 사람에게만 들리기 위한 정직이요 수신 시간 인 듯싶었다. 그만치 선생님은 제 속을 다 들여다보고 하는 말인 듯싶었다.

운동장에서도 문기는 풀이 없다. 사람 없는 교실 뒤 버드나무 옆 그런 데만 찾아다니며 고개를 숙이고 깊은 생각에 잠기거나 팔짱을 찌르고 왔다 갔다 하기도 한다. 그러다 누가 등을 치면 소스라쳐 깜짝깜짝 놀란다.

언제나 다름없이 하늘은 맑고 푸르건만 문기는 어쩐지 그 하늘조차 쳐다보기가 두려워졌다. 자기는 감히 떳떳한 얼굴로 그 하늘을 쳐다볼 만한 사람이 못 된다 싶었다.

언제나 다름없이 여러 아이들은 넓은 운동장에서 마음대로 뛰고 마음대로 지껄이고 마음대로 즐기건만 문기 한 사람만은 어둠과 같이 컴컴하고 무거운 마음에 잠겨 고개를 들지 못한다. 무엇보다도 문기는 전일처럼 맑은 하늘 아래서 아무 거리낌 없이 즐길 수 있는 마음이 갖고 싶다. 떳떳

* 수신 시간: 일제 강점기의 도덕 시간.

이 하늘을 쳐다볼 수 있는, 떳떳이 남을 대할 수 있는 마음이 갖고 싶었다.

오후 해 저물녘이다. 문기는 *책보를 흔들흔들 고개를 숙이고 담임 선생님 집 앞을 왔다가는 무춤하고 섰다가 그대로 지나가고 그대로 지나가고 한다. 세 번째는 드디어 그 집 문안을 들어서서 선생님을 찾았다. 선생님은 문기를 안방으로 맞아들이었다. 학교에서 볼 때 엄하고 딱딱하던 선생님은 의외로 부드러이 웃는 낯으로 문기를 대한다. 문기는 선생님 앞에 엎드려 모든 것을 자백할 결심이었다. 그런데 선생님의 부드러운 태도에 도리어 문기는 말문이 열리지 않았다. 다음은 건넌방에서 어린애가 울어 못 했다. 다음은 사모님이 들락날락하고 그리고 다음엔 손님이 왔다. 기어이 문기는 입을 열지 못한 채 물러 나오고 말았다.

먼저보다 갑절 무겁고 컴컴한 마음이었다. 도저히 문기의 약한 어깨로는 지탱하지 못할 무거운 눌림이다. 걸음은 집을 향해 가는 것이지만 반대로 마음은 멀어진다. 장차 집엘 가서 대할 숙모가 두려웠고 삼촌이 두려웠고 더욱이 점순이가 두려웠다.

어느덧 걸음은 삼거리를 건너고 있었다. 문기 등 뒤에서 아주 멀리 뿡뿡 하고 자동차 소리와 비켜라 하는 사람의 소리가 나는 듯하더니 갑자기 귀밑에서 크게 울린다. 언뜻 돌아다보니 바로 눈앞에 자동차 머리가 달려든다. 그리고 문

---

* 책보: 책을 싸는 보자기.

기는 으쓱하고 높은 데서 아래로 떨어져 가는 듯싶은 감과 함께 정신을 잃고 말았다.

얼마 동안을 지났는지 모른다. 문기가 어렴풋이 눈을 떴을 때 무섭게 전등불이 밝아 눈이 부시었다. 문기는 다시 눈을 감았다. 두 번째 문기는 눈을 뜨자 희미하게 삼촌의 얼굴이 나타나며 그것이 차차 똑똑해지더니 삼촌은

"너 내가 누군 줄 알겠니?"

하고 웃지도 않고 내려다본다. 문기는 이것도 꿈인가 하고 한번 웃어 주려면서 그대로 맑은 정신이 났다. 문기는 병원 침대 위에 누워 있었다. 어디 아픈 데는 없으면서도 몸을 움직일 수는 없다. 삼촌은 근심스러운 얼굴로 내려다본다.

"작은아버지."

하고 문기는 입을 열었다. 그리고

"저는 마땅히 받아야 할 벌을 받은 거예요."

하고 문기는 눈을 감으며 한마디 한마디 그러나 똑똑하게 처음서부터 끝까지 먼저 고깃간 주인이 일 원을 십 원으로 알고 거슬러 준 것, 그 돈을 써 버린 것, 그리고 또 붙장 안의 돈을 자기가 훔쳐 낸 것, 이렇게 하나하나 숨김없이 자백을 하자 이때까지 겹겹으로 몸을 싸고 있던 허물이 한 꺼풀 한 꺼풀 벗어지면서 따라 마음속의 어둠도 차차 사라지며 맑아지는 것을 문기는 확실히 깨달을 수 있었다. 마음이 맑아지며 따라 몸도 가뜬해진다. 내일도 해는 뜨고 하늘은 맑아지리라. 그리고 문기는 그 하늘을 떳떳이 마음껏 쳐다볼 수 있을 것이다.

1. 문기가 겪는 갈등의 원인이 된 사건을 정리해 봅시다.

2. 다음은 이 소설에서 갈등이 드러난 부분입니다. 각각 외적 갈등인지 내적 갈등인지 구분하여 적어 봅시다.

• 환등 틀을 사러 가자고 재촉하는 수만이와, 돈이 없다며 함께 가기를 거부하는 문기의 다툼

환등 틀 사기 싫단 말야?   난 싫다.

• 담임 선생님을 만나 모든 것을 털어놓으려고 하지만, 차마 입이 떨어지지 않는 문기

모두 말씀드릴까?   다음에 말할까?

• 집 밖에서 기다리는 수만이를 의식하며, 뒤주 안의 돈을 훔칠까 고민하는 문기

저 돈을 가져다줄까?   그러면 안 되지!

3. 다음은 이 소설의 갈등이 해소되는 결말 부분입니다. 문기의 마음에 주목하며 다음 질문에 답해 봅시다.

문기는 눈을 감으며 한마디 한마디 그러나 똑똑하게 처음서부터 끝까지 먼저 고깃간 주인이 일 원을 십 원으로 알고 거슬러 준 것, 그 돈을 써 버린 것, 그리고 또 붙장 안의 돈을 자기가 훔쳐 낸 것, 이렇게 하나하나 숨김없이 자백을 하자 이때까지 겹겹으로 몸을 싸고 있던 허물이 한 꺼풀 한 꺼풀 벗어지면서 따라 마음속의 어둠도 차차 사라지며 맑아지는 것을 문기는 확실히 깨달을 수 있었다. 마음이 맑아지며 따라 몸도 가뜬해진다.

- 문기가 갈등을 해소하려고 시도한 방법은 무엇이었는지 적어 봅시다.

- 갈등이 해소된 후, 문기의 심리 상태는 어떠한지 작품 속에서 근거를 찾아 적어 봅시다.

4. 소설 속 문기처럼 외적 갈등이나 내적 갈등을 겪었던 경험을 떠올려 말해 봅시다.

먹고 싶다, 수박

장주식

그건 참 이상한 일이었다. 약 두 시간에 걸쳐 일어난 그 일은 마치 한바탕 꿈을 꾼 것 같기도 했다. 체육 시간에 여유 시간이 너무 많았던 게 문제였다. 줄넘기 평가를 하는 날이었다.

"적당한 데서 연습하고들 있어. 부르면 잽싸게 오고."

노란 선글라스를 낀 체육 쌤의 말이었다. 아이들은 사방으로 흩어졌다. 나는 세영, 지원, 은비, 인정, 영주와 함께 뭉쳐서 갔다. 우리는 자타가 공인하는 육인방이다. 콩 한 개도 여섯 쪽으로 나눠서 먹을 수 있다고 서로 믿는 사이다. 한 번도 그래 본 적은 없지만. 이리저리 돌아다니다가, 자리 잡은 곳이 조회대 위였다. 그곳은 시멘트로 깔끔하게 처리되어 있어서 맨땅에서 줄을 넘는 것보다 나았다. 하지만 줄넘기는 뒷전이었다. 넘는 둥 마는 둥, 별 영양가 없는 수다로

시간을 보냈다. 체육 쌤이 본다면

"어휴, 저것들!"

하고 속을 박박 긁겠지만, 인정이는 아예 줄넘기를 저만치 집어 던지고 바닥에 퍼질러 앉았고, 단비와 영주는 줄넘기 한 개로 서로 몸을 묶고 있었다. 그때 갑자기, 세영이가 외쳤다.

"어머, 어머! 얘들아, 저것 좀 봐."

눈들이 한꺼번에 세영이가 가리키는 곳으로 쏠렸다.

"보여? 얘들아, 보이지? 수박 말이야."

진짜로 있었다. 수박이었다. 조회대 옆, 비탈진 잔디밭, 늙은 겹벚꽃 나무 아래, 수박이 있었다. 단 한 개. 수박 포기도 딱 하나였다. 오리발처럼 갈라진 길쭉한 초록 이파리들은 그닥 싱싱해 보이지 않았다. 그러나 수박은, 생각보다 컸다!

"와, 크다! 인정이 머리보다 크겠다."

지원이가 인정이 머리를 끌어안으며 소리쳤다. 녹색 덩어리에 선명하게 죽죽 그어진 짙푸른 선들. 수박은 튼튼해 보였다. 손가락으로 퉁기면, 퉁! 하고 소리를 낼 것 같다. 나는 수박을 손가락으로 퉁겨 보고 싶은 마음이 불현듯 솟아나자, 참기 어려웠다.

"아, 저거 우리 따 먹으면 안 될까? 수박이 언제부터 저기 있었지? 왜 그동안 못 봤을까?"

내가 이상한 흥분에 휩싸여 마구 말을 쏟아 내고 있을 때, 벌처럼 윙 하고 수박에게로 날아간 인간이 있었다. 지원이였다.

"먹고 싶으면 따지 뭐."

아아, 그 아무도 말릴 새가 없었다. 마치 오랜 세월 수박 농사를 지어 온 농부라도 되는 양, 아주 능숙한 솜씨로 지원이는 수박을 뚝 따서, 가슴에 안고 환하게 웃었다.

"야, 너!"

거의 비명에 가까운 짧은 소리가 모두의 입에서 터져 나오고, 순간 정적. 입을 벌린 채 아이들은 얼음이 되었다. 지원이 표정이 가장 볼만했다. 수박을 가슴에 안고 우는 듯 웃는 듯 두려운 듯 오묘한 표정. 일단 일을 저질러 놓고 보는 지원이다웠다.

"왜에에―"

지원이는 친구들을 올려다보며 애절한 가락으로 호소하듯 내뱉었다. 지원이의 호소에 누구도 선뜻 대답을 하지 않았다. 갑자기 근심에 휩싸인 지원이가 일부러 울음 섞인 소리를 내면서 다시 애원 조로 말했다.

"수박 먹고 싶지 않아? 니들."

"먹고 싶긴 하지⋯⋯."

인정이가 대답했다. 나도 먹고 싶다고 말을 보태려는데, 은비가 먼저 말했다.

"난 안 먹을래. 그, 리, 고."

글자를 끊어서 또박또박 발음한 뒤, 은비는 한 걸음 뒤로 물러나며 덧붙였다.

"나는 빠지겠어. 이 사건은 나와 °무관한 거야. 난 결코 이 상황을 인정할 수 없어."

은비는 말을 하는 중에도 걸음을 옮겨, 마침내 조회대에서 바깥으로 나가 버렸다. 머뭇거리던 영주도 은비를 따라갔다. 수박을 가장 먼저 발견했던 세영이는 은비를 보다가 지원이를 보다가 허둥대며 "어떡해, 어떡해."를 연발하더니 엉뚱하게도 줄넘기를 들고 줄을 넘기 시작했다.

멀리서 시끌시끌 아이들이 오는 소리가 들렸다. 가장 괴로운 사람은 당연히 지원이었다. 수박을 안은 채 °엉거주춤 선 지원이. 나는 지원이를 구출하는 게 가장 °급선무라고 판단했다. 눈에 띄는 대로, 지원이의 신발주머니를 들고 달려갔다.

"얼른 넣어!"

신발주머니의 주둥이를 벌리고 내가 말했다. 지원이는 수박을 딸 때처럼, 재빠른 동작으로 수박을 집어넣었다. 팔을 두어 번 흔들어 보던 지원이는

"휴— 살았다."

숨을 폭 내쉬곤 멀리서 다가오는 아이들을 힐끔 바라보았다. 신발주머니 깊이가 얕아서 수박 등이 손등만큼 내보인다.

"야, 보인다. 수박이 너무 커."

° 무관하다: 관계나 상관이 없다.
° 엉거주춤: 이러지도 저러지도 못하고 망설이는 모양.
° 급선무: 무엇보다도 먼저 서둘러 해야 할 일.

수박이 큰 것이 결코 탓 될 일도 아니건만, 지원이는 수박이 큰 탓을 하면서 사방을 휘휘 둘러보다가 조회대 난간에 걸려 있던 체육복 점퍼를 벗겨서 신발주머니를 감쌌다.

"야, 그거 내 껀데."

세영이가 외쳤지만, 지원이는 들은 체도 하지 않았다. 졸지에 내가 수박을 끌어안게 되었다. 다른 사람들이 보면야 체육복을 가슴에 안고 있는 것처럼만 보이겠지만.

그런 일들이 벌어지고 있는 동안 체육 시간은 끝이 나 버렸다. 나와 지원이, 세영이와 인정이는 잘 감춘 수박을 끌어안고 교실로 들어갔다. 다른 아이들이 접근하지 못하도록 나를 가운데에 두고, 세 아이들이 보호하면서 걸었다. 우리 넷의 눈빛 교환은 은밀했다. 다른 사람들 몰래 우리만의 비밀을 공유한다는 건 꽤 짜릿한 맛이 있었다. 더구나 뭔가 조금은 찜찜한 일, 곧 결코 선한 일이 아니며 들통이 난다면 비난을 받을 것이 분명한 비밀, °공범자로서 서로를 지켜 줘야 한다는 희한한 °사명감까지 생기는 그것. 누가 심어 가꾼 수박인지는 알 수 없으나, 공공의 장소에 심겨져 있었으므로 누구든 발견한 사람이 먹을 수 있지 않겠느냐고, 나는 그런 생각을 하며 이건 남의 것을 훔치는 게 아니라고 스스로를 °합

° 공범자: 함께 계획하여 범죄를 저지른 사람.

° 사명감: 주어진 임무를 잘 수행하려는 마음가짐.

° 합리화하다: 어떤 일을 한 뒤에, 자책감이나 죄책감에서 벗어나기 위하여 그것을 정당화하다.

리화하고 있었지만 마음이 불편한 건 사실이었다. 수박은 너무나 잘 가꿔져 있었기 때문이다. 수박 줄기 주변은 잡초를 제거하면서 흙을 돋워 놓는 등, 사람의 손길이 *확연했다. 당연히 수박이 저절로 나서 자랐다면 그렇게 상품 가치가 있을 정도로 되진 못했을 것이다. 정성을 들여서 가꾼 사람이 있는 게 분명했다. 마음이 걸리는 것은 바로 그 부분이었다. 서로 입 밖에 내놓고 말하지 않았지만, 다른 세 친구도 그렇게 생각할 게 틀림없었다. 눈빛만 봐도 안다.

교실에 들어가서도 우린 한 덩어리로 뭉쳐서 앉았다. 사태의 해결을 위해 의견을 나눠야 했다. 수박이 든 신발주머니는 책상 밑에 넣었다. 그리고 우리 넷은 머리를 가까이 모았다. 나는 책상 하나 건너에 앉은 은비를 보았다. 은비는 평온한 얼굴로 가방을 챙기고 있었다. 은비 옆에 앉은 영주와는 눈이 마주쳤다. 영주는 자주자주 우리 쪽을 보고 있었던 거다. 영주는 나와 눈이 마주치자 어색하게 웃었다. 나는 은비의 평온한 옆얼굴을 보면서 두 개의 감정을 동시에 느꼈다. 부러움과 서운함. 은비와 나는 중학교에 들어와 이 년 연속 같은 반이 되었다. 아홉 개 반 중에서 같은 반이 될 확률은 높지 않았다. 보통 서너 명에 그친다. 더구나 지난해의 절친이 다시 같은 반이 될 확률은 정말 낮았다. 은비와 난 일 학년 때 베프였다. 물론 지금은 더더더 베프다. 그런 은비가 지금 저렇게 무심하게 나를 돌아보지조차 않고 있다.

* 확연하다: 아주 확실하다.

절친이란, 무슨 일이든 같이해야 하는 것 아닌가, 나는 그런 생각에 서운했다. 그러나 부러움이 더 컸다. '그건 옳지 않아.'라고 °서슬 푸르게 손을 딱 떼 버리는 그 결단성. 부러움을 넘어서 그런 결단성을 가진 은비가 절친이라는 것이 은근히 자랑스러운 생각도 들었다. 하지만 허전함은 어쩔 수 없었다. 은비가 빠진 채 수박 문제를 해결해야 한다는 것이.

지원이가 내 어깨를 툭 쳤다.

"듣고 있어? 왜 대답을 안 해?"

지원이, 인정이, 세영이가 모두 나를 보고 있었다.

"으응, 뭐?"

"기집애, 고새 딴생각을 하고 있냐? 화장실 가서 먹는 게 어떠냐고, 수박을."

지원이가 낮은 소리로 속삭였다.

"화장실에……?"

나는 잠깐 대답을 머뭇거렸다. 뭔가 불현듯 비겁하다는 생각이 들었다. 누군가 가꾼 수박을 딴 일차원적인 잘못을 조금이나마 보상하려면 수박의 처리 문제는 °공명정대해야 될 것 같았다. 우리끼리 숨어서 먹는 것은 잘못에 또 하나의 잘못을 더 얹는 게 아닐까. 나는 말했다.

"아냐, 다 같이 먹자."

° 서슬 푸르다: 권세나 기세 따위가 아주 대단하다.

° 공명정대하다: 하는 일이나 태도가 사사로움이나 그릇됨이 없이 아주 정당하고 떳떳하다.

"뭐?"

지원이가 눈을 동그랗게 떴다. 세영이 인정이도 마찬가지였다.

"담임 쌤 오시면 말해서, 애들 다 같이 먹자고."

모든 수업이 끝났으므로, 담임이 종례를 하기 위해 곧 교실에 올 것이었다.

"미쳤어? 벌점 먹을 거야."

"발바닥을 맞을지도 모르고."

"다른 애들한테 욕먹을걸."

셋이서 한마디씩 지껄였다. 나는 조용조용 차분하게 내 생각을 주장했다.

"담 쌤이 말이야. 허헛 자식들, 왜 그랬어? 뭐 어쩌겠냐? 이왕 따 온 수박이니 나눠 먹자. 허헛. 하고 말하실 거 같애. 그럼 얼마나 좋아. 우리 지금 이 찝찝한 기분도 다 없어지고, 친구들하고 다 같이 수박 한 쪽씩 먹고 말이야. 아, 수박이 한 개밖에 안 되니까 모자라면 우린 안 먹어도 되고. 난 이 방법이 가장 좋을 것 같아. 어때?"

"첩첩."

세영이가 침을 입속에서 모아 소리를 내더니 말했다.

"담 쌤이 그렇게 안 나올 거 같은데. 평소에 하던 태도를 볼작시면 말이지. 무조건 벌점 먹는다에 난 한 표!"

"난 발바닥 맞는다에 한 표! 넌 우리 학교 삼 대 악당을 너무 물렁하게 본단 말이야."

그렇다. 우리 담임은 육십여 명에 이르는 교사들 중에 삼 대 악당으로 꼽힌다. 삼 대 악당 중에서도 첫손가락이 틀림없을 거였다. 도 교육청에서 학생 인권 조례를 만들고 절대, 결코, 교실에서 체벌이 있어선 안 된다고 지시가 내렸건만, 담임은 콧방귀였다. 두 팔을 머리 위로 쭉 뻗어서 의자를 들고 서 있기 오 분은 기본이고, 툭하면 발바닥을 회초리로 때렸다.

"너희가 학생 인권이 있다면 나는 교사 인권이 있다. 이게 나의 교권을 보호하는 최소한의 장치야."

담임은 주장이 분명했다. 그런 면에선 은비가 담임을 닮은 게 분명했다.

"너는 발바닥을 맞아 본 적이 없지? 공부를 잘하니까."

발바닥을 자주 맞는 인정이가 말했다. 정말 그렇다. 나는 발바닥을 맞아 본 적이 없다. 의자 들기는 단체 벌이므로 무조건 들어야 하지만, 발바닥 맞는 건 개인 징벌이었다.

인정이와 세영이의 극구 반대에 동참한다는 의미로 지원이도 말없이 고개를 천천히 흔들었다. 말 없는 지원이의 그 행동이 더욱 °견고한 반대 표시로 느껴졌다. 난 답답했다. 왜 얘들은 뉘우칠 줄을 모를까. 나도 이쯤에서 손을 떼 버릴까. 나는 다시 은비를 바라보았다. 초연하고 편안한 모습. 지원이의 우발적인 행동에 은비는 재빠른 판단으로 결단을 하였다. 하지만 난 어떤가. °우유부단한 나. 이러지도 저러

° 견고하다: 사상이나 의지 따위가 동요됨이 없이 확고하다.

° 우유부단하다: 어물어물 망설이기만 하고 결단성이 없다.

지도 못하면서, 그 *알량한 우정을 지킨다는 마음으로 잘못된 일에 동참하고 있지 않은가. 아니, 나도 사실 수박을 따고 싶었을지도 모른다. 지원이가 뚝 따 버렸을 때, 야아—하고 외쳤지만 속으로 슬며시 쾌감도 있었던 걸 희미하게 기억한다. 그런데 이제 와서 손을 떼겠다고? 나는 마음을 고쳐먹었다. 그리고 다시 한번 아이들을 설득해 보았다.

"얘들아, 그렇게 하자. 담 쌤이 벌점 멕이면 먹고, 발바닥 때리면 맞자. 그게 속 편할 거 같애. 응?"

나는 애절하게 호소하는 눈빛을 세 친구에게 보냈다. 반응은 싸늘했다.

"난 못 해!"

인정이가 세차게 고개를 흔들었고, 지원인 되려 나를 설득했다.

"너 왜 그래? 넌 발바닥 안 맞아 봐서 모르는 거야. 마이 아파, 흑흑. 걍 우리끼리 먹어도 될 걸, 왜 일을 크게 만들어? 응? 화장실 가서 먹자, 응? 다정아."

지원이가 내 이름 다정이를 정말 다정하게 부르면서 말했다. 난 마음이 흔들렸다. 우유부단한 내 본색이 여지없이 드러나고 있었다. 우리 넷이 수박 처리에 대하여 합의를 보지 못하고 괴로워하고 있을 때, 담임이 불쑥 교실에 나타났다. 아이들이 제각각 떠들던 말소리를 낮추며 제자리를 찾아서 앉았다. 담임은 실내를 한 바퀴 빙 둘러본 다음, 천천히 말

* 알량하다: 시시하고 보잘것없다.

했다.

"오늘은 별일 있었니?"

"아뇨. 없었어요."

아이들이 늘 하던 습관처럼 합창을 했다. 담임은 만족스러운 얼굴로 고개를 끄덕였다.

"좋아. 각자 위치로."

담임은 교실을 나갔다. 담임은 바람처럼 교실을 다녀간 것이다. 나는 수박 얘기를 할 틈을 결코 잡을 수 없었다. 아니 담임이 별일 있었니? 하고 물었을 때가 수박 이야기를 할 틈이었지만 나는 그런 용기가 없었다. 담임이 별일 있었니? 하고 물었을 때, 인정이 지원이 세영이가 한꺼번에 나를 쳐다봤다. 그때 만약, 내가 수박을 땄어요! 하고 말했다면? 그건 친구들을 배반하는 행위일까. 친구들을 악에서 구하는 행위일까. 알 수 없는 일이다.

어쨌든 담임은 사라졌다. 담임이 긴 복도를 걸어 아래층으로 내려가는 것을 확인하고 돌아온 지원이가 말했다.

"화장실 가자. 수박 먹으러."

지원이의 목소리는 당당했다. 이제 나의 제안은 아무런 힘을 발휘할 수 없다는 걸 지원이는 너무나 잘 알고 있었던 거다. 그러니 남은 방법은 화장실행뿐이었으니. 그때 은비가 내게 가까이 다가와서 말했다.

"다정아, 나 먼저 가 있을게. 이따 보자."

은비가 먼저 가 있을 곳은 음악실이다. 대회가 얼마 남지 않아 방과 후에 합창 연습을 한 시간씩 한다. 은비와 나는 똑같이 알토 파트다. 은비는 수박이 숨겨져 있는 내 책상 밑을 슬쩍 한번 보고 돌아서서 교실을 나갔다. 하나로 묶인 긴 머리카락을 찰랑이며 걸어가는 은비의 뒷모습이 무척 가벼워 보인다.

은비가 나간 뒤 돌발 사태가 벌어졌다. 갑자기 세영이가 수박을 덮은 자기 체육복을 들어 올린 것이다. 아직 교실엔 아이들이 여럿 남아 있는데도 말이다. 수박이 담긴 지원이의 신발주머니는 책상 밑에 있었으므로 물론 아이들에게 들키진 않았다.

"애들아, 미안. 나 깜빡했어. 얼른 가 봐야 해. 늦으면 엄마한테 죽는당. 우리 가족 오늘 외할머니네 가걸랑. 생신이라서. 정말 미안, 미안. 나 갈게."

말을 하면서 교실을 나가던 세영이. 그래서 '나 갈게.'라는 말은, 복도에서 들려왔다. 엄청 바쁘고 급하다는 것이 그대로 행동에서 묻어났다. 세영이를 아무도 잡지 못했다. 아니 잡을 생각도 못했다는 게 맞는 말이다. 남은 인정이와 지원이, 나는 서로 멀뚱히 얼굴을 쳐다보았다. 세영이 다음은 인정이였다. 인정이가 얼굴을 살짝 붉히면서 말했다.

"저기, 있잖아. 나도 사실, 얼른 가야 되거든. 수박을 먹고 싶기는 하지만…… 나, 그냥 갈게. 미안해. 나― 간다."

인정이도 가방을 둘러메고 교실을 나갔다. 지원이와 나는 할 말이 없었다. 아니, 갑자기 우린 벙어리가 된 것이다. 지원이는 속으로 무슨 생각을 하고 있는지 모르겠지만, 나는 적잖이 당황스러웠다. 나도 가야 되는 건가? 수박을 딴 사람은 지원이니까, 지원이보고 알아서 해결하라고 하면 그만 아닌가. 세영이도 인정이도 대놓고 그런 말은 없었지만, '미안해.'라는 말이 '지원이 니 책임이야.'라는 말과 동의어로 쓴 것이 아닐까. 그렇다면 나도 '지원아, 미안하다.' 하고 가 버리면 그만 아닌가. 이런저런 생각이 머릿속에 줄지어 일어나는 통에 말을 못하고 내가 우물거리고 있을 때, 지원이가 먼저 말했다.

"저, 다정아. 나도…… 가야 되는데. 어떡하지? 이 수박. 나 신발주머니 가져가야 되는데."

정말 뜻밖의 말이었다. 지원이의 말을 나는 얼른 이해할 수가 없었다.

"무, 무슨 말이야? 너도 간다고? 수박은 어떡하고."

"나도 집에 가야 되거든. 빨리. 니가 좀 해결할 수 없을까? 이 수박."

"나 혼자?"

"응. 다정아, 난 널 믿어, 헤헤. 넌 훌륭한 친구잖아. 공부도 잘하구."

지원이가 방글방글 웃는다. 나는 갑자기 이상하게 전개된 사태가 황당했지만, 지원이의 방실거리는 웃음은 너무 예뻤다. 마법에 홀리듯 나는 지원이의 웃음에 *매료되었다. 다른

* 매료되다: 사람의 마음이 완전히 사로잡혀 홀리게 되다.

이의 영혼을 몸에 실은 무당이 그 영혼이 시키는 대로 말을 하듯 내 입에선 이런 말이 나왔다.

"그래, 알았어. 내가 처리할게."

나는 말을 하는 내 입의 움직임을 느낄 수 없었다. 내 입에서 나와 내 귀에 들리는 목소리도 결코 내 것이 아니었다. 처음 듣는 듯한 낯선 목소리였다. 그러나 분명 그 말은 내 입에서 나오는 소리였다.

"내 가방에 넣어."

나는 내 가방에 있던 책을 꺼내, 책상 서랍 속에 넣고, 가방 주둥이를 쫙 벌렸다. 지원인 신발주머니의 수박을 잽싸게 옮겼다. 나는 재빨리 가방의 지퍼를 닫았다. 지원이가 해맑게 웃으며 내 어깨를 톡톡 쳤다.

"정말 정말 훌륭한 친구야, 다정이는."

"걱정 마. 잘됐지 뭐. 내가 집에 가져가서 먹을게."

나는 술술 말했다. '집에 가져가서 먹을게.' 라는 말을 하면서 나는 내 목소리를 되찾았다. 그건 분명 내 목소리였다. 아주 익숙했다. 나는 귀에 익은 내 목소리를 되찾자 마음이 편안해졌다.

'그래, 집에 가져가서 엄마랑 아빠랑 먹으면 되잖아. 뭐가 문제야.'

나는 그렇게 생각하자, 기분이 썩 유쾌해졌다. 지원이와 나는 가방을 메고 교실을 나섰다. 복도를 걸어가면서 지원이는 내 가방을 두 손으로 살살 쓰다듬었다.

"오동통통 수—박. 아 머꼬 시포."

혀짤배기 소리까지 해 가면서 지원이는 자꾸만 만져 댔다. 나는 사방을 둘러보면서 작은 소리로 주의를 줬다.

"그만 만져. 누가 본단 말이야."

"헤에, 보긴 누가 봐. 봐도 누가 알어. 이렇게 쏘옥 들어가 있는데, 가방 속에 말이야. 아 맛있겠당."

지원이는 옆에서 걷다가 아예 내 뒤로 돌아가서 가방을 만지면서 걸어왔다. 나는 걸음을 딱 멈췄다. 계단을 다 내려와서, 음악실이 있는 별관으로 가는 길과 교문 쪽으로 가는 갈림길이 있는 화단 앞에 섰을 때였다. 이리저리 다니는 아이들이 꽤 많은 곳이다.

"진짜 그만해. 들킨다구."

"들키긴 뭘."

정말 알 수 없는 일이었다. 평소 같으면 내가 한 두어 번 주의를 주면, 곧 하던 행위를 멈추는 게 보통인데 오늘 지원인 뜻밖이었다. 지나칠 정도로 수박에 집착하는 모습이었다. 자기가 저지른 일에 대한 죄책감이 컸는데, 그것이 잘 해결된 것에 대한 감정이 넘친 게 아닐까, 그런 생각이 들기는 했다.

"고마워서 그래?"

"뭐라고?"

지원인 내 말을 못 알아들었다. 나는 나만의 생각을 불쑥 말했으므로, 지원이에게는 뜬금없기는 하겠다는 생각이 들었다. 나는 피식 웃으며 말을 수정했다.

"내가 수박 문제를 해결하니까, 고맙냐고."

"으응, 그렇지 뭐. 그래, 고맙다고 해야 되나? 너는 수박이 생겼는데, 나한테 안 고맙나? 이거 말이야."

지원인 또 가방을 건드렸다. 아주 수박의 선을 따라 두 손으로 동그라미를 그렸다. 둘이 그러고 섰을 때, 같은 반 친구인 민아가 다가왔다.

"너희들 뭐 해? 다정이 가방에 뭐 있어? 먹는 거지?"

"아…… 아니."

내가 약간 말을 더듬었다. 얼굴에 조금 당황스러워하는 빛도 나타났으리라. 민아가 그걸 놓칠 리가 없다.

"이거, 수상한데. 뭐야? 과자야? 같이 먹자야. 친구 좋은 게 뭐니. 우린 같은 반에다, 합창도 같이 하잖아. 이게 보통 인연이야? 맛있는 건 같이 먹어야지. 가방 속에 꽁꽁 숨겨 두고 혼자 먹을 거야? 그럼 배탈 나. 안 그래? 지원아?"

어휴, 기집애. 뭐 이런 수다쟁이가 다 있나. 그 짧은 순간에 많이도 *주워섬겼다. 민아가 자기 이름을 부르면서 의견을 묻자 지원인 피식 웃었다.

"그, 그래. 같이 먹어야지."

"맞지? 지원이 너도 그렇게 생각하지? 보자, 뭔가. 되게 궁금해."

민아는 물을 차고 날아오르는 제비보다도 빠른 속도로 내

* 주워섬기다: 들은 대로 본 대로 이러저러한 말을 아무렇게나 늘어놓다.

가방의 지퍼를 열었다. 나는 눈을 뜬 채로 코를 베인다는 게 꼭 이런 심정이겠구나, 하는 생각이 들었다.

"엥? 이게 뭐야? 이거 진짜야, 모조품이야?"

"진짜야."

나는 얼른 가방을 벗어서 가슴에 안으며 지퍼를 닫았다. 민아가 가방을 뺏으러 대들며 물었다.

"그거 어디서 난 거야? 혹시, 조회대 옆에서 딴 거?"

가슴이 콕 찔렸다. 지원이도 똑같은 느낌이었나 보다. 입을 삐죽하며 나에게 두 손을 벌려 보였다. 말없이 선 지원이와 나를 번갈아 보며 민아가 말했다.

"맞구나. 헐, 대박! 야, 뭔 짓을 한 거니? 니들 클 났다. 그거 교장 쌤 수박이야."

"뭐?"

두 사람 입에서 놀란 소리가 터져 나왔다. 아마 이때 지원이와 내 눈의 크기는 황소 눈만 했을 것이다.

"몰랐어? 교장 쌤이 지극정성으로 가꾼다고 소문이 짜하잖아. 그거 모르는 애들 없는데, 이상하네. 니들은 그걸 알고도 딴 거? 교장 쌤한테 뭐, 저항할 거 있삼?"

교장 쌤의 얼굴이 절로 떠오른다. 평소에도 눈꼬리가 위로 살짝 들려 있고, 눈꼬리를 따라서인지는 몰라도 입꼬리도 들려 있는 세모꼴 얼굴. 교장 쌤의 별명은 늙은 여우였다. 눈빛 하나만으로도 전교생을 침묵시킬 수 있는, 그 카리스마. 지원이는 금세 울상이 되었다.

"어, 어떡하지?"

"뭘 어떡해. 빨리 돌려 놔야지."

민아가 시원시원하게 말했다. 무슨 말인지 감은 잡았으나, 나는 확인하기 위하여 다시 물었다.

"돌려 놓다니?"

"수박을 있던 데 갖다 놓으라고."

"딴 거를? 그건 양심을 속이는 일이잖아."

"허허 참. 지금 양심 따지게 생겼니? 교장 쌤이 알면 너 감당할 수 있어?"

"……."

나는 선뜻 대답을 못했다. 지원이가 내 손을 잡아끌었다.

"다정아. 민아 말대로 하자. 얼른 수박 갖다 놓자. 갖다 놓고 집에 가게. 응?"

지원인 벌레 씹은 얼굴이 되어 있다. 조금 전 교실에서 나와 건물 계단을 내려올 때 즐거워하던 얼굴과는 전혀 딴판이다. 나는 망설여졌다. 이건 작은 잘못에 대한 징벌을 피하기 위하여 더 큰 잘못을 저지르는 게 틀림없다는 생각이 들었다. 강력 접착제가 땅과 내 발바닥을 붙여 놓은 느낌이 들었다. 지원이와 민아가 나를 잡아당겼지만 내 발은 떨어지지 않았다.

"지원아, 이건 아닌 거 같아."

"뭐가, 아냐. 빨리, 갖다 놓고 가자. 에이, 짜증 난다, 정말. 망할 수박."

지원이 말이 거칠어졌다. 얼굴도 많이 일그러졌다.

"너 가기 싫으면 내가 할게. 가방 이리 줘. 어차피 내가 땄으니까, 내 꺼잖아."

지원이가 가방을 잡고 뺏으려 들었다. 나는 가방을 강하게 잡았다. 지원이보다는 내가 힘에 있어서 한 수 위다. 지원이는 힘이 약해 맘대로 되지 않자, 발을 구르며 식식거렸다. 눈에선 불꽃이 튀는 것 같았다.

"너 정말 왜 그래? 너만 양심적이야? 나는 도둑이구?"

지원인 말을 하다 보니까, 더욱 화가 나는 모양이었다. 마침내 우리가 친한 친구라는 것도 잊어버린 게 틀림없었다. 나에게 이런 말을 쏟아 놓고 뛰어가 버렸다.

"그래, 잘난 니가 알아서 해. 난 갈 거야."

정말, 진짜, 욱하기 대장, 지원이답다. 나는 달아나는 지원이 뒷모습을 보면서도 실감이 나지 않았다. 누가 보더라도 지원이는 저렇게 가 버려선 안 되는 거였다. 어째서 이런 비현실적인 일이 현실에서 일어나고 있는 것인지 알 수 없었다.

지원이와 내가 아웅다웅하는 걸, 안쓰럽게 바라보고 있던 민아도 슬금슬금 뒷걸음질을 치더니 돌아서서 별관 음악실로 가 버렸다. 마침내, 나는 우두커니 혼자 서 있게 되었다. 갑자기 가방이 너무나 무거웠다. 마치 가방 안에 바윗덩어리라도 들은 것 같았다. 가방을 들고 서 있기가 어려웠다. 나는 그대로 주저앉았다.

'이게 무슨 일이지. 도대체 오늘 무슨 일이 일어난 거야?'

나는 지퍼를 조금 열어서 수박을 내려다보았다. 수박은 가방 안에서 싱싱했다. 날은 더워 땀이 흐른다. 녹색 바탕에 검푸른 줄이 죽죽 그어진 그 수박을 바라보고 있자니, 입속에 침이 고인다.

'이걸 어찌해야 하나?'

반을 뚝 갈라 랩을 씌워 냉장고에 넣어 뒀다가 먹거나, 고무˚함지에 얼음덩이와 함께 통째로 넣어 뒀다가 큼직하게 쩍쩍 갈라 먹었으면. 혹시 또 아나. 요즘 사이가 그리 좋지 않은 엄마, 아빠에게 이 수박이 한번 웃음을 줄지도 모른다. 저녁에 수박 파티를 벌이면서, '그게 학교 화단에 있었어? 웃긴다, 애.'라는 엄마 말에, 유쾌한 한때가 될 수도 있다.

나는 수박을 바라보며 생각에 잠겼다. 쉽게 결단을 내리지 못하는 나의 우유부단한 성격이 밉다는 생각이 간절했다. 얼마나 지났을까, 고민의 늪에 푹 빠진 내 어깨를 건드리는 손이 있었다. 은비였다.

"여기 있을 거라고 해서……. 민아가."

"……."

나는 하마터면 눈물을 찔끔거릴 뻔했다.

"그거 어쩌려고?"

은비가 손가락으로 내 가방을 가리켰다. 정확하게 말하자면 수박을 가리킨 것이지만.

˚ 함지: 통나무의 속을 파서 큰 바가지같이 만든 그릇.

"글쎄, 어, 어쩌지?"

"있던 데 갖다 둬. 끌어안고 끙끙대지 말고."

역시 은비는 울트라 쿨녀다. 아니, 명쾌하다고 해야 하나. 나는 천천히 일어섰다. 그런 내 망설임을 은비는 두고 보지 않는다.

"합창 쌤 아까 오셨어. 빨리 가야 돼."

은비가 내 손을 잡아끌었을 때, 내 발은 아주 쉽게 움직였다. 조회대 옆으로 가서, 수박을 제자리에 놓았다. 내가 가방에서 수박을 꺼낼 때, 은비가 옷을 좍 펴서 가려 주었다. 은비와 손을 잡고 음악실로 걸어가는 발걸음은 날아가는 것 같았다. 등에 멘 가방이 날개로 변한 것인지도 몰랐다.

은비가 내 손을 잡았을 때, 나는 모든 걸 다 잊어버렸다. 꼭지가 떨어진 수박을 마치 처음부터 따지 않았던 것처럼 제자리에 돌려놓는 것이 얼마나 *기만적인 일인지도, 줄기에서 분리되어 물을 공급받지 못해 배배 뒤틀려 마르다가 썩어 갈 수박의 아픔 따위도. 그런 것들은 나의 양심을 건드리지 않았다. 다만 은비의 손이 따뜻했을 뿐이었다.

---

* 기만적: 남을 속여 넘기는, 또는 그런 것.

「먹고 싶다, 수박」을 읽고 다음 물음에 답해 봅시다.

1. 이 글에서 수박을 두고 나타난 갈등을 정리해 봅시다.

외적 갈등	
_____을 딴 일을 선생님에게 말하자는 '나'	_____을 몰래 먹자는 다른 친구들

갈등의 원인

_____이가 _____을 따 버림.

내적 갈등	
수박을 _____ 옆에 가져다 두거나 선생님께 사실대로 말한다.	수박을 _____으로 가져간다.

2. 이 글에 나타난 '나'의 내적 갈등과 해결 방법을 살펴보고 내 생각을 정리하여 말해 봅시다.

• '나'의 내적 갈등은 어떻게 해결되었나요?

_____

• 그 해결 방법이 적절했다고 생각하나요?

_____

• 그렇게 생각한 이유는 무엇인가요?

_____

홍길동전

허균

아버지를 아버지라 부르지 못하고

세월이 흐르고 흘러 길동이 열한 살이 되었다. 비범한 아이인지라 누구 하나 길동을 칭찬하지 않는 이가 없었다. 비록 *천비의 몸을 빌려 난 자식이긴 하지만, 길동의 재주를 눈여겨본 대감 역시 길동을 무척 아끼고 사랑하였다.

그러나 길동의 가슴에는 늘 *원한이 맺혀 있었다. 출생이 천한 탓에 아버지를 아버지라 부르지 못하고 형을 형이라 부르지 못하기 때문이었다. 그는 자신의 천한 신분을 한탄하고 또 한탄하였다.

어느 칠월 보름날, 길동은 밝은 달을 쳐다보며 뜰을 배회

* 천비: 예전에, 신분이 천한 여자 종을 이르던 말.
* 원한: 억울하고 원통한 일을 당하여 응어리진 마음.

하고 있었다. 쓸쓸한 가을바람 사이로 들려오는 기러기 울음소리가 마음에 외로움을 더했다. 길동의 가슴에는 절로 탄식이 일어났다.

"대장부가 세상에 태어나서 공자, 맹자의 학문을 익힌 뒤에, 나가서는 장수가 되고 들어와서는 *재상이 되며, *대장인을 허리춤에 차고 단(壇) 위에 높이 앉아 수많은 군사를 마음대로 지휘하며, 남쪽으로 초(楚)나라를 치고, 북쪽으로 중원(中原)을 *평정하며, 서쪽으로 촉(燭)나라를 쳐 업적을 쌓은 후에, 얼굴을 *기린각에 그려 빛내고 이름을 후세에 전함이 대장부의 떳떳한 일일 것이다. 옛사람이 이르기를 '*왕후장상의 씨가 따로 없다.' 하였는데 이는 나를 두고 말함인가? 아무리 하찮은 사람이라도 아버지를 아버지라 부르고 형을 형이라 부르는데, 나만 홀로 그리하지 못하는구나. 내 인생은 어찌하여 이리도 *기박한가?"

길동은 가슴에 차오르는 답답함을 걷잡을 수가 없었다. 달빛 아래서 칼을 잡고 한바탕 춤을 추듯 몸을 날래게 움직

* 재상: 임금을 돕고 모든 관원을 지휘하고 감독하는 일을 맡아보던 벼슬.
* 대장인: 대장이 가지던 도장.
* 평정하다: 반란이나 소요를 누르고 평온하게 진정하다.
* 기린각: 중국 한나라의 무제가 장안의 궁중에 세운 전각. 얼굴을 기린각에 그려 빛낸다는 뜻은 큰 공을 세워 영광을 널리 알리겠다는 의미이다.
* 왕후장상의 씨가 따로 없다: 계급이나 신분을 뛰어넘어 누구나 능력에 따라 높은 지위에 오를 수 있다는 뜻.
* 기박하다: 팔자, 운수 따위가 사납고 복이 없다.

이며 장한 기운을 다스리고 있었다.

그때 홍 대감 역시 밝은 달빛을 즐기고자 창문을 열고 비스듬히 기대어 앉아 있다가 이런 길동의 모습을 보았다. 대감이 크게 놀라며 물었다.

"밤이 이미 깊었는데 너는 무슨 흥이 있어 이러고 있느냐?"

길동이 칼을 던지고 엎드려 대답하였다.

"소인이 대감의 정기를 받고 당당한 남자로 태어났으니 이만한 즐거움도 없습니다. 그러나 늘 서러운 것은 아버지를 아버지라 부르지 못하고 형을 형이라 부르지 못하는 신세이옵니다. 하인들까지 모두 천하게 보며, 친지와 친구조차도 아무개의 *천생이라고 이릅니다. 이런 원통한 일이 어디 있겠습니까?"

길동은 대성통곡하였다. 대감은 속으로는 길동이 불쌍했지만 짐짓 꾸짖어 말하였다. 만일 그 마음을 드러내서 위로하면 오히려 버릇이 없어질까 염려하였던 것이다.

"재상의 집안에서 천한 노비에게 태어난 사람이 너뿐이 아니다. 그러니 방자하게 굴지 말아라. 다시 그런 말을 입밖에 꺼내면 내 앞에 서지도 못하게 할 것이다."

길동은 그저 눈물만 흘리며 한참 동안을 그렇게 엎드려 있었다. 보다 못한 대감이 엄하게 물러가라 이르자, 비로소 고개를 들고 일어났다. 길동은 방으로 들어가는 대신 어미

---

* 천생: 천한 신분의 첩에게서 난 자손.

춘섬을 찾아가 통곡하며 말했다.

"어머니께서는 소자와 전생에 귀중한 인연이 있어 오늘날 모자지간이 되었습니다. 낳아 주시고 길러 주신 은혜는 하늘보다 더 큽니다. 사내대장부가 세상에 한번 태어났으면, 모름지기 *입신양명한 후 조상을 섬기고 부모의 은혜를 만분의 일이라도 갚아야 할 것입니다. 그런데 이 몸은 팔자가 사나운 까닭에 천하게 태어나 남의 천대나 받게 되었습니다.

하지만 대장부가 어찌 구차하게 근본에 얽매여 후회를 하겠습니까? 이 몸이 당당하게 조선국 병조판서 대장인을 차고 상장군이 되지 못할 바에야, 차라리 산중에 들어가 세상 *영욕을 모르는 채 지내고자 합니다. 옛날 장충의 아들 길산은 소자보다 더한 천생이었습니다. 하지만 열세 살에 그 어미와 이별하고 운봉산에 들어가 도를 닦아, 아름다운 이름을 후세에 전하였습니다. 소자도 그를 본받아 세상을 벗어나려 하옵니다. 감히 바라옵건대, 어머니께서는 소자의 사정을 살피어 아주 버린 듯이 잊고 계십시오. 훗날 소자가 돌아와 은혜를 갚을 날이 있을 것입니다. 그렇게만 짐작하고 계시옵소서."

길동이 말을 마치는데, 그 말하는 *기상이 너무나 도도해 슬

* 입신양명하다: 출세하여 이름을 세상에 떨치다.
* 영욕: 영예와 치욕을 아울러 이르는 말.
* 기상: 마음의 작용으로 얼굴에 드러나는 빛.

푼 기색조차 없었다. 이를 본 어미가 길동을 달래며 말했다.

"재상 집안의 천생이 비단 너뿐이 아니다. 어디서 무슨 말을 들었길래 어미의 마음을 이다지도 아프게 하느냐? 어미의 낯을 봐서라도 그대로 조용히 지내고 있으면 안 되겠느냐? 그러면 앞으로 대감께서 무슨 조치를 해 주실 것이다."

"아버님과 형님의 천대는 그렇다 하더라도, 하인이며 아이들이 이따금 던지는 말이 골수에 박히는 경우가 허다합니다. 또한 요즘 곡산모의 눈치를 보니, 아무 허물도 없는 우리 모자를 원수처럼 여겨 살해할 마음을 먹고 있는 듯하더이다. 머지않아 눈앞에 큰 재난이 있을 것입니다. 그러나 소자가 나간 후에도 어머님께는 ˚후환이 없도록 손써 두겠습니다."

"네 말에도 일리가 있긴 하지만, 곡산모는 어질고 인정 있는 사람인데 그럴 리가 있겠느냐?"

"세상일은 헤아리기 어려운 것입니다. 소자의 말을 가볍게 생각하지 마시고 장래를 살피소서."

남은 나를 저버릴지언정

곡산모 초낭은 원래 곡산의 기생으로 있다가 홍 대감의 애첩이 되었다. 그러나 성질이 ˚오만방자하여 종이라도 마음에 들지 않으면 거짓으로 헐뜯어 사생결단을 내곤 하였

˚ 후환: 어떤 일로 말미암아 뒷날 생기는 걱정과 근심.

˚ 오만방자하다: 어려워하거나 조심스러워하는 태도가 없이 건방지거나 거만하다.

다. 남이 못되면 기뻐하고, 잘되면 시기하는 사람이었다. 그런데 어느 날 대감이 용꿈을 꾼 후 얻은 길동을 사람마다 칭찬하는 데다 대감 역시 깊이 사랑하시니, 대감의 사랑을 빼앗길까 봐 언제나 전전긍긍하였다. 게다가 대감이 이따금 농담으로 던지는 말도 그의 질투심을 자극하기에 충분했다.

"너도 길동이 같은 자식을 낳아서 내 *늘그막의 재미를 더하게 해 보아라."

곡산모 초낭은 몹시 무안하고 겸연쩍었다. 길동의 이름이 자자해질수록 길동 모자를 미워하는 마음도 커져 갔다. 초낭은 끝내 둘을 해칠 마음을 먹고 *흉계를 짜내기 시작했다. 주변의 요사스러운 무녀들을 돈으로 매수해 두고는 매일 모여서 모의를 했다.

어느 날 그 자리에 온 한 무녀가 새로운 *계책을 이야기했다.

"동대문 밖에 관상을 보는 여자가 있는데, 사람의 상을 한번 보면 평생의 *길흉화복을 짚어 냅니다. 그 여자를 불러 부인께서 원하시는 바를 이야기하고, 대감께 찾아가라 이르십시오. 그리하여 가정의 온갖 일을 본 듯이 맞히게 한 후, 길동의 상을 보고 여차저차 아뢰면 부인의 뜻을 이룰 것이

* 늘그막: 늙어 가는 무렵.
* 흉계: 흉악한 꾀나 수단.
* 계책: 어떤 일을 이루기 위하여 꾀나 방법을 생각해 냄. 또는 그 꾀나 방법.
* 길흉화복: 인간 세상에 존재하는 좋은 일과 나쁜 일, 재앙과 복을 모두 이르는 말.

옵니다.”

해결책을 얻은 초낭은 새로운 희망을 발견한 듯이 기뻐했다. 바로 그 관상녀를 불러 재물로 유인하였더니, 관상녀는 쉽게 넘어갔다. 관상녀에게 대감 댁 일을 낱낱이 일러 주고, 단단히 약속을 한 후에 날짜를 기약하고 보냈다.

며칠 뒤, 대감은 길동을 데리고 안방에 들어가 부인과 이야기를 나누고 있었다.

“이 아이가 비록 영웅의 기상을 가졌으나 어디다가 쓰리오.”

길동을 놓고 이런저런 이야기를 주고받고 있을 때, 문득 한 여자가 들어와 마루 아래에서 인사를 올렸다. 찾아온 까닭을 물으니, 그 여자가 엎드려 아뢰었다.

“소녀는 동대문 밖에 사는데, 어려서 한 도인을 만나 관상법을 배운 바가 있습니다. 도성 안의 수많은 집들을 두루 돌아다니다가, 대감 댁의 만복이 높다는 소문을 듣고 천한 재주를 시험해 보고자 왔사옵니다.”

대감이 어찌 요사한 무녀 따위와 문답을 하겠는가마는, 마침 길동을 놓고 농을 주고받던 때라 심심풀이 삼아 관상녀를 불렀다.

“네 가까이 올라와 나의 팔자를 확실히 짚어 보라.”

관상녀는 머리를 조아리고 마루 위로 올라왔다. 먼저 대감의 상을 살핀 후에 대감의 과거와 현재를 똑똑히 말하며 앞날을 내다보듯이 설명해 나갔다. 조금도 대감의 생각에 어긋나는 말이 없으니, 대감이 신통해하면서 크게 칭찬하였다. 이어서 가족의 상을 두루두루 보라고 요청했다. 이 역시 마치 낱낱이 본 듯이 이야기하니, 한마디도 헛된 말이 없었다. 대감과 부인은 물론이고, 주변의 여러 사람이 모두 놀라며 *신인이라고 일컬었다. 끝으로 길동의 상을 보던 관상녀가 크게 칭찬하며 말했다.

"소녀가 여러 고을을 다니며 수많은 사람의 상을 보았는데, 공자의 상 같은 경우는 처음입니다. 또한 아뢰옵기 황송지만, 부인의 소생이 아닌 듯 하옵니다."

"네 말이 맞다. 용케 맞혔구나. 하지만 사람마다 길흉영욕이 각각 때가 있나니, 이 아이의 상을 각별히 논해 보라."

대감은 궁금증을 견딜 수 없었다. 관상녀는 길동을 유심히 보다가 놀라는 척하며 물러앉았다. 이를 괴이하게 여긴 대감이 그 까닭을 물었다. 그러나 관상녀는 입을 다물고 말을 하려 들지 않았다.

"길흉과 영욕을 털끝만큼도 숨기지 말고 보이는 대로 말하라."

대감의 명에 관상녀는 머뭇거리며 대답했다.

"있는 그대로 말씀드리면 대감께서 놀라실 것이옵니다."

"옛날에 오복을 다 구비했다는 곽분양 같은 사람도 좋은 때가 있고 나쁜 때가 있었는데, 무엇 때문에 여러 말을 하느냐? 숨기지 말고 어서 말하라."

관상녀가 마지못하는 척하며 길동을 내보내고 조용히 입

* 신인: 신과 같이 신령하고 숭고한 사람.

을 열었다.

"공자의 앞날은 성취되면 왕이요, 실패하면 헤아릴 수 없는 환난이 있을 상입니다."

관상녀의 말에 대감과 주변의 모든 사람들이 크게 놀랐다. 놀란 마음을 겨우 진정한 대감은 관상녀에게 후하게 상을 주면서 입단속을 시켰다.

"이 같은 말을 삼가 입 밖에 내지 말라."

대감은 이내 길동의 거동을 경계해야 한다는 조바심에 사로잡혔다.

'내 길동이를 늙도록 바깥에 드나들지 못하게 하리라.'

관상녀는 대감의 마음을 읽고는 짐짓 능청스럽게 말했다.

"훌륭한 인물이라 하여 어찌 그 씨가 따로 있겠습니까?"

대감이 관상녀의 말을 막으며 여러 차례 말조심을 당부하였다. 관상녀는 손을 모아 명령을 따르겠다 하고 밖으로 나갔다.

'길동이가 본래 예사로운 놈이 아니었구나. 제 신세를 한탄해서 불순한 마음을 먹고 일을 저지르면, 우리 가문 대대로 쌓아 온 공덕이 하루아침에 무너질 수도 있을 것이다. 미리 없애서 화를 면해야겠으나, 부자지간에 또한 그럴 수도 없으니……'

생각이 이렇다 보니 마음에 병이 들어, 먹어도 맛이 없고 잠을 자도 편하지 않았다. 곡산모 초낭은 그 기색을 엿보고 대감에게 충동질을 하였다.

"관상녀의 말처럼 길동이가 왕의 상을 지녀서 흉악한 짓을 벌인다면, 그 화를 막을 길이 없을 것입니다. 저의 어리석은 소견으로는 작은 °애로를 생각하지 마시고 큰일을 생각하여, 저 아이를 미리 없애는 것이 좋을 듯하옵니다."

초낭의 말에 대감은 크게 화를 내며 꾸짖었다.

"그 말을 함부로 꺼내지 말라 하였는데, 너는 어찌 입을 조심하지 못하느냐? 내 집 °가운은 네가 알 바 아니다."

초낭이 다시는 말을 못 붙이고 어쩔 수 없이 물러나왔다. 대감을 설득하기는 어려울 것이라는 생각에, 이번에는 안방으로 들어가 부인과 길동의 형 길현에게 말하였다.

"그날 이후로 대감께서 걱정이 깊으시더니 결국 병환이 나지 않으셨습니까? 소인이 염려되어 여차여차하게 말씀을 아뢰었으나, 크게 꾸중을 하시는 고로 다시 여쭙지 못하였습니다. 그러나 소인이 대감의 마음을 떠본즉, 대감께서도 그 애를 미리 없애고자 하시되 인정상 차마 처치하지 못하시는 것 같습니다. 저의 미련한 소견으로는 길동을 일단 없앤 후에 대감께 아뢰는 것이 어떨까 합니다. 그러면 이미 저질러진 일이라 대감께서도 어찌하실 수 없을 것이옵니다."

부인이 얼굴을 찡그리며 말했다.

"그럴듯한 말이지만 인정과 도리로 보아 차마 할 바가 아니구나."

° 애로: 어떤 일을 하는 데 장애가 되는 것.

° 가운: 집안의 운수.

초낭은 다시 그들을 설득하기 시작했다.

"이는 여러 가지 일에 관계가 되옵니다. 첫째는 국가를 위함이요, 둘째는 대감의 병환 치유를 위함이요, 셋째는 홍 씨일가를 위함이옵니다. 어찌 작은 사정 때문에 우유부단하여 여러 가지 큰일을 망치려 하십니까? 그러다가 후회할 일이 생기면 어찌하오리까?"

이렇듯 온갖 방법으로 부인과 장남을 달래니, 그들도 마지 못하여 허락을 하였다. 초낭은 기쁨을 감추고 안방에서 나와, 즉시 특자라고 하는 자객을 수소문하여 불렀다. 특자에게 자초지종을 다 전하고는 많은 돈을 주면서 그날 밤 길동을 없애라 하였다. 그러고는 다시 안방으로 가서 부인에게 알렸다. 이야기를 들은 부인은 발을 구르며 못내 *애달파하였다.

이때 길동은 비록 어린 나이였지만, 기골이 장대하고 용맹이 뛰어나며 중국의 경서와 온갖 사상서를 모르는 바가 없었다. 게다가 홀로 별당에 거처하며 중국의 병서를 읽어 모든 이치에 통달하였다. 그리하여 귀신도 헤아리지 못할 술법이며 *천지조화를 능히 얻을 수 있었다. 비와 바람을 마음대로 불러오고 *신장을 부려 귀신처럼 나타났다 사라졌다 하는 술법을 모두 지니고 있었다. 길동은 재주로만 따지면 세상에 두려울 것이 없었다.

* 애달프다: 마음이 안타깝거나 쓰라리다.
* 천지조화: 하늘과 땅이 일으키는 여러 가지 신비스러운 일.
* 신장: 귀신 가운데 무력을 맡은 장수신.

그날 밤, 길동은 자정이 지난 후 책상을 치우고 잠을 자려 하였다. 그런데 문득 까마귀가 세 번 울고 서쪽으로 날아갔다.

'까마귀가 세 번 '객자와 객자와' 울며 날아가니, 분명 자객이 온다는 징조구나. 어떤 사람이 나를 해치고자 하는고? 몸을 보호할 대책을 세워야겠다.'

길동은 방 안에 팔진을 치고 각각 방위를 바꾸어 놓았다. 그리하여 방 안을 골짜기가 깊은 산으로 만들고, 그 가운데에 비바람까지 불어넣고는 때를 기다렸다.

한편 초낭이 보낸 자객 특자는 °비수를 쥐고 별당 부근에 숨어서 길동이 잠들기만을 기다리고 있었다. 그런데 난데없이 까마귀가 창밖에 와서 울고 가니, 속으로 심각한 의심이 들었다.

'이 짐승이 어찌 알고 천기를 누설하는가? 길동이는 실로 예사로운 아이가 아닌 것 같구나. 반드시 훗날에 큰 인물이 될 것이다.'

불안함을 느낀 특자는 몸을 일으켜 돌아가려 하였다. 그러나 문득 초낭이 약속한 금은 재물이 떠올라 다시 마음을 바꾸었다.

잠시 후, 특자는 몸을 날려 길동의 방으로 들어갔다. 그런데 어찌 된 일인지 길동은 간데없고, 홀연 한 줄기 거센 바람이 일어나더니 천둥과 벼락이 천지를 뒤흔들었다. 구름과 안개마저 자욱하여 사방을 분간할 수조차 없었다. 주위

° 비수: 날이 예리하고 짧은 칼.

를 살펴보니 수많은 산봉우리와 골짜기가 겹겹이 에워싸 있고, 넓은 바다에서는 물이 흘러넘치고 있었다. 특자는 도무지 정신을 차릴 수가 없었다.

'내가 아까 들어온 곳은 분명 방이었는데, 이 산이며 물은 어찌 된 것인가?'

갈 곳을 몰라 갈팡질팡 헤매고 있을 때, 어디선가 피리 소리가 들려왔다. 소리 나는 곳을 살펴보니, 푸른 옷을 입은 한 소년이 흰 학을 타고 공중으로 날아다니고 있었다. 소년이 근엄한 표정으로 특자에게 말했다.

"너는 어떤 사람이기에 이 깊은 밤중에 비수를 들고 나타났느냐? 네가 필시 누군가를 해칠 생각인가 보구나."

"네가 바로 길동이로구나. 나는 대감과 네 형의 명령을 받아 너를 죽이러 왔다."

특자가 날랜 솜씨로 비수를 날리자, 길동은 순식간에 어디론가 사라져 버렸다. 음산한 바람이 몰아치고 벼락이 진동하며, 하늘에는 온통 살기가 가득했다. 특자는 겁을 잔뜩 먹고 칼을 찾으며 탄식했다.

"내가 재물에 눈이 멀어 죽을 길로 들어섰으니 누구를 원망할까?"

한참 뒤, 비수를 든 길동이 공중에 나타나 외쳤다.

"이 보잘것없는 놈아, 들어라. 네가 재물을 탐하여 죄 없는 사람을 해치려 하니, 너를 살려 두면 또 다른 사람이 무수히 상할 것이다. 어찌 살려 보내겠느냐?"

겁에 질린 특자가 °애걸하였다.

"사실은 소인의 죄가 아니라 도련님 댁의 초낭이 시킨 짓이옵니다. 바라옵건대 가련한 목숨을 살려 주신다면 앞으로는 착하게 살겠습니다."

그 말을 들은 길동은 분을 이기지 못하여 소리쳤다.

"너의 악행이 하늘에 °사무쳤다. 오늘 하늘이 나의 손을 빌려 악의 무리를 없애게 한 것이다."

말을 마치기가 무섭게 특자의 목을 베어 버렸다. 그러고는 바로 도술로 신장을 불러내어 동대문 밖 관상녀를 잡아들였다.

"네가 요망하게 재상의 집에 출입하면서 사람의 목숨을 해치려 하였더구나. 네 죄를 네가 알겠느냐?"

관상녀는 제 집에서 자다가 바람과 구름에 싸여 어디로 가는 줄도 모르고 잡혀 온 것이었다. 비몽사몽간에 길동의 꾸짖는 소리를 듣고는 애걸복걸하면서 대답했다.

"이는 소녀의 죄가 아니라 모두 초낭이 시킨 일이옵니다. 바라옵건대 너그러운 마음으로 저를 용서해 주십시오."

"초낭은 나의 의붓어머니라 죄를 밝히지 못하겠다. 하지만 너 같은 악종을 내 어찌 살려 두겠느냐? 너를 죽여 악을 경계하겠노라."

칼을 들어 관상녀의 머리를 베어 특자의 주검 옆에 던졌

° 애걸하다: 소원을 들어달라고 애처롭게 빌다.

° 사무치다: 깊이 스며들거나 멀리까지 미치다.

다. 분한 마음을 억제하지 못한 길동은 바로 대감에게 가서 자초지종을 말하고 초낭도 베어 버리고 싶었다. 그러나 초낭은 대감이 총애하는 데다 자신에게도 의붓어미가 된다는 생각이 들어 머뭇거릴 수밖에 없었다.

'남은 나를 저버릴지언정 나는 남을 저버리지 않으리라. 내 일시적인 분노로 어찌 °인륜을 끊겠는가?'

어렵게 마음을 고쳐먹고는 대감이 주무시는 곳으로 가 뜰 아래 엎드려 있었다.

대감은 잠이 깨어 있다가 문밖에 인기척이 있어 문을 열었다. 길동이 뜰 아래 엎드려 있는 모습을 본 대감이 물었다.

"밤이 이미 깊었는데 너는 무슨 까닭으로 자지 않고 이러고 있느냐?"

길동이 눈물을 흘리면서 대답했다.

"집안에 흉한 °변고가 있기에 목숨을 구하고자 집을 나가면서 대감께 하직 인사를 올리러 왔사옵니다."

대감이 크게 놀라는 한편 '반드시 무슨 °곡절이 있구나.' 하고 짐작하며 말했다.

"무슨 일인지는 날이 샌 뒤에 알면 될 것이다. 돌아가 자고 내일 분부를 기다려라."

길동이 엎드린 채로 다시 아뢰었다.

° 인륜: 군신, 부자, 형제, 부부 등의 사이에서 지켜야 할 도리.

° 변고: 갑작스러운 재앙이나 사고.

° 곡절: 순조롭지 아니하게 얽힌 이런저런 복잡한 사정이나 까닭.

"소인이 이제 집을 떠나려 합니다. 대감께서는 부디 평안히 계십시오. 다시 뵐 기약도 아득하옵니다."

길동의 결심에 찬 말에 대감은 그저 안타깝기만 했다.

"네가 이제 집을 떠나면 어디로 가겠느냐?"

"목숨을 건지고자 도망하는 처지에 어찌 따로 정한 곳이 있겠습니까? 다만 평생의 원한이 가슴에 맺혀 풀어 버릴 날이 없으니, 이것이 더욱 서러울 따름입니다."

대감은 길동을 말릴 수 없으리라 생각하고 길동의 한을 위로하였다.

"내가 너의 품은 한을 짐작하겠구나. 오늘부터는 아버지를 아버지라 부르고 형을 형이라 불러도 좋다. 다만 네가 천지 사방을 두루 돌아다니더라도, 죄를 지어 아버지와 형에게 걱정을 끼치는 일만은 삼가거라. 또한 하루도 빠짐없이 너를 기다리고 있을 것이니, 부디 속히 돌아오기를 바라노라. 여러 말 하지는 않겠다. 신중하고 겸손하게 생각하도록 하라."

대감의 말을 다 들은 길동은 아버지를 향해 크게 절을 하였다.

"아버님께서 오늘 해묵은 소원을 풀어 주시니, 이제 죽어도 한이 없겠습니다. 황공하여 몸둘 바를 모르겠사옵니다. 간절히 바라옵건대 아버님께서는 만수무강하옵소서."

*하직 인사를 하고 나온 길동은 모친의 침실로 갔다.

* 하직: 먼 길을 떠날 때 웃어른께 작별을 고하는 것.

"소자가 이제 목숨을 건지고자 집을 떠납니다. 어머님께서는 이 불효자를 잊으시고, 부디 옥체를 소중하게 보살피십시오."

이별의 말을 전하며, 초낭이 자신을 해치려 했던 사연을 처음부터 끝까지 이야기했다. 사정을 자세히 들은 어미 춘섬도 길동의 가출을 말릴 수 없겠다 생각하고 그저 한탄만 하였다.

"네가 이제 집을 나가더라도 잠깐 화를 피하고 나서, 어미 낯을 보아 곧 돌아오거라. 그리하여 내가 실망해 병을 얻는 일이 없도록 하려무나."

길동의 손을 부여잡고 크게 슬퍼하니, 길동이 어미를 위로하고 눈물을 무수히 흘리며 하직을 고했다.

어느덧 새벽닭이 울어 새벽을 재촉하고 동방은 차차 밝아 왔다. 길동이 문을 나서 멀리 바라보니, 첩첩한 산중에는 구름만 자욱했다. 넓고 넓은 천지간에 제 한 몸 둘 곳이 없음을 느끼고 더욱 한탄하며 정처 없이 길을 떠났다. 슬픔을 애써 억눌러 보았지만, 억울하고 서러운 마음이 자꾸만 치밀어 올랐다. 길동은 무겁게 무겁게 발걸음을 옮겨 놓았다.

1. <보기>를 참고하여 길동이 겪는 갈등의 원인이 무엇인지 생각해 봅시다.

> 길동의 가슴에는 늘 원한이 맺혀 있었다. 출생이 천한 탓에 아버지를 아버지라 부르지 못하고 형을 형이라 부르지 못하기 때문이었다. 그는 자신의 천한 신분을 한탄하고 또 한탄하였다.

2. 길동이 갈등을 해결하기 위해 어떠한 노력을 했는지 이야기해 봅시다.

3. 이 글에 나타난 갈등을 유형에 따라 바르게 연결해 봅시다.

초낭이 계략을 꾸며 길동을 해치려고 함.	인물과 사회의 갈등
홍 대감은 관상녀의 말을 듣고 길동이 집안에 해를 끼칠까 걱정함.	인물과 인물의 갈등
조선의 신분제로 인해 천한 신분인 길동은 원하는 바를 이루지 못하고 있음.	인물의 내적 갈등

아이 캔 스피크

강지연, 유승희

S# 25. 명진구청 종합 민원실 창구 / 낮

대기 의자에 앉아 교재를 펴 놓고 시위하듯 영어 공부를 하고 있는 옥분. 이따금 민재와 눈이 마주치면 인자한 미소를 짓는다. 민재는 그런 옥분이 무척 신경 쓰이고, 다른 직원들도 옥분이 뭐라고 잔소리라도 할까 긴장한 표정이다.

종현 아예 자리를 틀고 앉으셨네. 숨 막힌다. 차라리 민원을 넣으시지…….

민재, 짜증스러운 표정으로 자리에서 일어선다.

S# 26. 명진구청 종합 민원실 창구 / 낮
옥분과 대치 중인 민재.

민재   할머님…… 이러시는 거 공무 집행 방해예요. 도대
      체 저한테 왜 이러시는 거예요?

옥분   얘기했잖아.

민재   저도 말씀드렸잖아요. 못한다고.

옥분   그러지 말구, (살갑게) 선생님. 응?

민재   죄송하지만, 제 능력 밖의 일이라니까요.

옥분   젊은 사람이 야박하게……. 나이 먹은 사람이 이렇게
      까지 하는데 고민하는 척이라도 하는 게 예의 아닌가?

민재   예의 찾는 분이 이런 억지를 부리고 계세요?

옥분   진짜 못해 주겠다 이거야?

민재   네, 못합니다.

옥분   …… 알았어……. 그렇게까지 싫다는데 뭐……. (시
      무룩한 표정으로) 이만 들어가자구. (하며 민원실로 앞장
      서는)

민재   어디 가세요?

옥분   (수첩을 꺼내 들며) 그동안 민원 모아 놓은 거. 한꺼
      번에 넣고 가야지! 각오혀.

민재   아니 무슨 민원을 모아 놓기까지…….

민원실 안, 종현과 아영 등이 절박한 눈빛을 민재에게 보낸다.
*프레임인 하는 양 팀장.

* 프레임 인: 화면으로 피사체가 들어오는 것을 가리키는 시나리오 용어.

양 팀장 제 한 몸 바쳐……. 적장을 안고 강물에 뛰어든 논개처럼!

곤란한 민재의 표정.

S# 27. 명진구청 도서관 / 낮

서가를 훑는 민재. 영어 교재들이 꽂힌 선반에서 『어린이 영어 첫걸음』, 『기초 영어 펜맨십』 두 권을 꺼낸다.

*CUT TO.

창가 책상에 앉은 옥분 앞에 책을 툭 던져 놓는 민재. 『기초 영어 펜맨십』을 펴면 대문자, 소문자 알파벳을 쓰는 페이지.

민재 일단 이거 쭉 한번 써 보세요.
옥분 내가 독학이지만, 영어 공부한 지가 몇 년인데. 설마 알파벳도 못 쓸까 봐?
민재 싫으시면 말구요.
옥분 (책을 치워 버리려는 민재를 붙든다.) 아니여, 내가 교만했네. 처음 시작하는 심정으로다가 할게.

『기초 영어 펜맨십』 첫 페이지를 펴고 필통을 꺼내는 옥분.

* CUT TO.: 같은 장소에서 시간대의 변화를 나타내는 시나리오 용어.

옥분 연필로 썼다가 지워야겠지? 다 같이 보는 책이니
    께?

민재 좋으실 대로.

서가 앞에 선 민재. 7급 공무원 교재 한 권을 꺼내어 훑어본다.
옥분은 『기초 영어 펜맨십』 책자 위에 알파벳을 정성껏 쓴다.

CUT TO.
테이블. 못마땅한 표정으로 옥분을 바라보는 민재.

민재 영어 할 줄 아는 거 있으면 아무거나 해 보세요. 수
    준을 알아야 뭘 어떻게 해 보든지 하지.

옥분 그동안 나 혼자 단어 위주로 많이 공부했어. (눈에
    보이는 사물을 가리키며) 체어(chair), 윈도우(window),
    스카이(sky), 클라우드(cloud). (벽시계를 가리키며) 저
    건 클락(clock)이지, 벽시계니께. (민재 손목을 가리키
    며) 손목시계(watch)는 워치. (우쭐하며) 복지 회관 실
    버 클래스 학생 중에 클락이랑 워치 구분할 줄 아는
    사람은 나밖에 없었어.

민재, 바로 옆 서가에서 두꺼운 백과사전 한 권을 가져오더니

민재 이건 뭐죠?

옥분 아이고, 사람 무시하지 마. 북(book)이지.

민재 무슨 책이냐고요.

옥분 아…… 사전……. (머리를 긁적이며) 딕……딕
쇼…… 딕쇼나리. 딕쇼나리, 사전 맞지?

민재 그건 일반 사전을 말하는 거고, 이건 백과사전이에
요. 백과사전이 영어로 뭐예요?

옥분 원 헌드레드 딕쇼나리?

민재 인사이클로피디아(encyclopedia).

옥분 잉 머시기?

민재 (일부러 더 발음 굴려서) 인사이클로피디아.

옥분 잉싸……. (너무 힘들다.) 그런 단어를 알아야 되는 겨?

민재 우리말에서 백과사전이 어려운 단어인가요? 잘 안
쓰는 단어예요?

옥분 아니지. 어려운 단어 아니지.

민재 그럼 인사이클로피디아도 영어에서 기본 단어겠죠.
안 그래요?

갑자기 자신이 없어진 옥분, 그 낌새를 눈치챈 민재.

민재 제가 단어 몇 개 골라 드릴 테니까 내일까지 외워
오세요. 그러면 정식으로 영어 가르쳐 드리죠.

쪽지 시험 보는 옥분. 민재가 적은 한글 단어 옆에 영어 단어를 꾸역꾸역 써 넣는다.

옥분 인류학, 앤쏠로폴로지…… 철자가 에이, 엔, 티…….
　　　 (슬쩍 눈치를 보며) 철자는 봐준다고 그랬지?

민재 철자 모르겠으면 한글로 쓰세요.

옥분 아이고, 자상도 하셔라.

CUT TO.

민재가 채점한 옥분의 답안지 °인서트, 스무 문제 중 열다섯 개를 맞혔다.

민재 75점이에요. 잘하셨는데…… 약속한 80점에는 모
　　　 자라니까…….

옥분 좌절…… 좌절…….

민재 좌절하지 마세요.

옥분 좌절…… 프러스트레이트(frustrate). 프러스트레이
　　　 트. 이제 생각났네, 이거 맞은 걸로 하면 딱 80점인데
　　　 어떻게 안 될까?

민재 (냉정하게) 약속은 약속이니까요. (일어서며) 그럼.

● 인서트: 화면의 특정 동작이나 상황을 강조하기 위해 삽입한 화면.

제대로 좌절한 옥분. 미련 없이 자리를 뜨는 민재.

혼자 남은 옥분 앞에 놓인 답안지. 이제 비로소 이십 문제 모두 보인다. 위도, 경도, 행성, 인류학, 탄핵, 좌절, 선교사, 황폐 등 스무 개의 단어. 옥분이 틀린 다섯 문제는 행성, 탄핵, 음모, 황폐, 그리고 좌절이다.

곰탕을 먹고 있는 민재.

S# 29. 곰탕집 / 저녁

민재 (지나가는 종업원에게) 여기 곰탕 하나 포장해 주세요!

S# 30. 민재의 집 거실 / 아침

부스스한 얼굴로 일어나 냉장고 문을 열고 물을 마시는 민재. 냉장고 안에 포장된 곰탕이 보인다.

민재 (영재 방을 향해) 야, 왜 너 어제 곰탕 안 먹었어?

영재 (소리) 어젠 저녁 먹고 들어왔단 말야. 거기 놔둬. 오늘 저녁에 먹을게.

민재 너 라면, 떡볶이 그런 걸로 저녁 때우지 마! 집밥……. 최대한 집밥스러운 걸 먹어. (구시렁대면서) 니네 학교는 왜 저녁은 급식을 안 하는 거야?

화장실에서 나온 영재.

영재 난 알아서 잘 먹고 다니니까 형이나 잘하세요.

민재, 막 끓인 김치찌개를 식탁 위에 올려놓는다. 한술 뜨는 영재를 바라보는 민재.

민재 맛 어떠냐?
영재 묻지 마. 거짓말하기 싫어.

S# 31. 도로 마을버스 안 / 저녁

퇴근길, 마을버스 안. 창가의 민재, 배에서 꼬르륵 소리. 민재, 휴대 전화로 통화를 한다.

민재 도미노 피자죠? 지금 주문하면 언제쯤 배달되나요?
　　　　아, 네. 효성 오피스텔…….

그렇게 전화로 주소를 불러 주던 민재가 차창 밖으로 뭔가를 발견한다.

민재 잠깐만요. 좀 있다 다시 걸게요.

차창 너머로 보이는 민재의 시야로, 교복 입은 채 혼자 뚜벅뚜

벽 어디론가 걸어가는 영재. 의아한 표정의 민재.

S# 32. 봉원 시장 옥분의 수선집 / 밤

어느새 버스에서 내려 영재를 미행하는 민재. 영 수상하다. 학원에 있을 시간에 웬 시장인가 싶어서 따라가 보는데, 어느 가게 문을 열고 들어가는 영재. 뭐지 싶어 가까이 가서 가게 안을 기웃거리며 들여다보는 민재. 이때, 눈앞이 한 번 번쩍한다.

민재 아악!

옥분 웬 놈이여?

정신 차리고 보면 눈앞에 옥분이 서 있다. 대걸레 자루를 쥐고.

옥분 으메메! 이게 누구여?

S# 33. 봉원 시장 옥분의 집 거실

멀뚱하니 마주 앉은 두 형제. 살림방 옆 작은 주방에서 달그락거리는 소리가 들린다.

옥분 (소리) 세상에나…… 둘이 형제라고는 상상도 못했네. 박 주임한테 고등학교 댕기는 동생이 있을 줄이야…….

민재 …….

옥분　(소리) 부모님이 늦둥이를 보셨구만.

영재　아버지가 술 먹고 실수하신 거래요.

민재　이 자식이⋯⋯.

영재　맞잖아.

　　옥분이 상을 들고 들어와서 민재와 영재 사이에 그대로 놓아준다. 김 모락모락 나는 국과 밥에 갓 구운 김, 정갈한 반찬을 주욱 차려 놓은 밥상. 침을 꼴깍 삼키는 민재, 하지만 수저를 들지 못한다.

영재　(냉큼 수저를 들며) 잘 먹겠습니다!

　　이 상황이 익숙한 듯 편하게 식사를 하는 영재. 조심스레 한술 뜬 민재. 동공이 커진다. 맛있다! 에라 모르겠다. 맛있게 먹기 시작하는 민재. 흐뭇하게 바라보는 옥분.

　　CUT TO.

　　벽 쪽 테이블 위에 놓여 있는 옥분의 교재와 노트를 발견하고 슬쩍 들춰 보는 민재. 종이가 너덜너덜할 정도로 꾹꾹 눌러쓴 영어 단어와 발음 그대로 한글로 또박또박 쓴 영어 문장 등이 빼곡하게 적혀 있다.

옥분　(소리) 애기 학원 하루쯤 빠지면 어때서, 먹자마자 보내고 그러나.

살림방을 둘러보는 민재. 물건마다 영어로 적혀 있는 단어들. television, calendar, clothes, furniture……

민재 한번 빠지면 계속 빠지고 싶어요, 그 나이엔.
옥분 으미, 정 없는 거.

옥분, 다가와 민재 앞에 마실 것을 내려놓는다. 예쁜 국화차.

민재 근데…… 왜, 챙겨 주신 거예요, 제 동생?
옥분 그냥…… 애기가 라면 뿌신 걸 먹고 있드라고. 짠해서 한 끼 먹여 보냈어.
민재 (부끄럽다) 아아…….
옥분 근데 그 뒤로도 오가다 눈에 띄길래 와서 먹으라고 했지. 나도 혼자 먹으면 적적하고 하니까.

별일 아니라는 듯 담담하게 말하는 옥분.

민재 고맙습니다.

차를 한 모금 마신 민재.

민재 (마음먹은 듯) 월, 수, 금…… 주 3일이면 되겠죠? 장
    소는 할머니 편한 곳에서…….

옥분 (상기되며) 그 말인즉슨……?

민재 돈은 안 받습니다. 돈 주실 거면 안 해요.

옥분 그럼…… 내가 미안한디…….

민재 대신 지금처럼 제 동생 종종 저녁밥 좀 챙겨 주세요.

옥분 그거라면야……! 배 터지게 먹여서 씨름 선수 만들
    어 줄게. (신나서) 영어랑 동생 저녁밥 퉁친 거네. 유
    티치 잉글리시 미, 아이 기브 밥 유어 브라더.

민재 (웃으며) 오케이.

1. 이 시나리오에 나타난 주된 갈등의 내용과 유형을 적어 봅시다.

• 갈등 내용: _____

• 갈등의 유형: _____

2. 다음 빈칸에 알맞은 말을 넣어 이 시나리오의 내용을 정리해 봅시다.

옥분은 민재에게 　　　　　　　를 배우고 싶지만 이를 거부하는 민재로 인해 　　　　　　이 시작된다. 계속되는 옥분의 요구에 민재는 영어 단어 시험을 제안하지만 옥분은 민재의 시험을 통과하지 못한다. 어느 날 민재는 옥분이 동생의 　　　　　　을 종종 챙겨 준 것을 알게 되고, 옥분의 제안을 받아들이면서 두 사람의 외적 　　　　　이 　　　　　되고 있다.

나가며

지금까지 우리는 소설과 시나리오를 읽으며 문학 작품 속 갈등을 파악해 보았습니다. 「하늘은 맑건만」에서는 잘못을 숨기려던 문기의 내적 갈등, 문기와 수만이가 돈을 두고 일으키는 외적 갈등을 구분하여 정리했지요. 「먹고 싶다, 수박」에서는 서리한 수박을 두고 일어난 단짝 친구들 사이의 갈등을 파악하고, 해결 과정을 살피면서 등장인물들의 행동을 비판적으로 생각해 보는 시간도 가졌습니다.

인물과 사회의 갈등이 잘 드러난 고전 소설 「홍길동전」에서는 갈등의 원인을 파악하며 작품을 읽는 연습을 했습니다. 마지막으로 시나리오인 「아이 캔 스피크」에서는 옥분과 민재의 갈등이 해결되는 과정을 정리했습니다.

이처럼 소설이나 시나리오 같은 줄거리가 있는 문학 작품에서 갈등은 떼려야 뗄 수 없는 중요한 요소입니다. 갈등의 진행과 해결 과정 속에서 독자들은 등장인물의 성격과 심리는 물론 작품의 주제까지 한눈에 파악할 수 있지요. 여러분도 앞으로 문학 작품을 읽을 때 갈등을 염두에 두고 감상한다면, 작품을 깊이 있게 이해할 수 있을 거예요.

4부

수능 맛보기

[1~2] 다음 글을 읽고 물음에 답하시오.

(가) 아가야
　내 이름은 민들레야
　지난겨울 너의 모자 끝에
　달려 있던 털방울 같지

　작은 입술 뽀뽀하듯 내밀고
　후후후 입김 부는 아가야

　봄바람 같은 너의 숨결에
　나는 세상에서 제일 작은
　낙하산 되어 날아가지

　멋지게 착륙하여 내년에 다시
　널 만나러 올게

　그때는 너의 숨결도 좀 더
　힘차고 따뜻하게 자라 있을 테지

　내년 봄에는 후후
　두 번만 불어도
　나는 날아갈 테지

　올해는 후후후
　내년엔 후후

　　　　　　　　— 성미정, 「후후후」

(나) 더우면 꽃 피고 추우면 잎 지거늘

솔아 너는 어찌 눈서리를 모르느냐

구천(九泉)에 뿌리 곧은 줄을 그로 하여 아노라

— 윤선도, 「오우가」 제4수

1. (가)와 (나)의 공통점으로 가장 적절한 것은?

① 시간의 흐름에 따라 시를 전개하고 있다.

② 대조적인 소재로 대상의 속성을 강조하고 있다.

③ 한 행을 네 번 끊어 읽게 하며 리듬감을 형성하고 있다.

④ 말을 건네는 방식을 통해 대상과의 친밀감을 드러내고 있다.

⑤ 시어의 반복을 통해 운율을 형성하고 대상의 특징을 강조하고 있다.

2. (나)를 읽고 난 후의 감상으로 가장 적절한 것은?

① 깨끗하고 그치지 않는 물과 같이 변하지 않는 사람이 되고 싶어.

② 영원히 변하지 않는 바위와 같이 늘 한결같은 사람이 되고 싶어.

③ 한겨울에도 꿋꿋한 소나무와 같이 시련을 이겨 내는 사람이 되고 싶어.

④ 늘 곧고 푸른 대나무와 같이 굳은 지조와 절개를 가진 사람이 되고 싶어.

⑤ 밤하늘에 높이 떠 있는 달과 같이 묵묵히 세상을 비추는 사람이 되고 싶어.

해설

1번 문제

유형 분석

수능에서 시는 항상 다른 작품과 엮여 제시됩니다. 이때 두 작품의 공통점·차이점을 묻거나 각 작품의 특징을 비교하는 문제가 자주 출제되지요. 따라서 작품의 내용, 구조, 표현 상의 특징을 파악하고 선택지의 내용이 각 시에 드러나 있는지 찾아보며 문제를 풀면 됩니다. 이 문제는 두 작품의 표현상의 공통점을 묻고 있어요.

정답 해설

정답은 ④번입니다. (가)에서는 '아가야 / 내 이름은 민들레야'에서 알 수 있듯이 민들레가 아가에게 말을 건네는 방식으로 아가와 민들레 사이에 친밀감이 드러나고, (나)에서는 '솔아 너는 어찌 눈서리를 모르느냐'와 같이 말하는 이가 자연물에 말을 건네는 것으로 보아 둘 사이의 친밀감이 드러나 있습니다.

① 시간의 흐름에 따라 시를 전개한다는 것은 행이나 연이 달라지면서 오전에서 오후 또는 봄에서 여름 등 내용이 시간 순서로 흐르는 것을 말하는데 (가), (나) 모두 시간의 변화는 드러나지 않습니다.

② '대조'는 두 대상의 특성이 다름을 가리킵니다. (나)에서는 '더우면 꽃 피고 추우면 잎 지'는 다른 식물과 달리, 눈서리를 모르고 곧은 뿌리를 내리는 소나무의 특성이 나타나 있지만 (가)에서는 소재들의 대조되는 특성이 드러나지 않습니다.

③ (나)는 '더우면 V 꽃 피고 V 추우면 V 잎 지거늘'과 같이 한 행을 네 마디로 끊어 읽으면 이를 통해 리듬감을 느낄 수 있으나 (가)에는 해당되지 않습니다.

⑤ (가)에서는 시어의 반복을 통해 운율이 형성되고 있으나 (나)에서는 반복되는 시어가 나타나지 않습니다.

2번 문제

유형 분석

수능에서는 독자의 반응을 파악하는 문제도 종종 출제됩니다. 물론 이때 시에 나타난 특징을 근거로 삼거나 작품의 시대적 배경이나 작가의 의도를 고려하여 적절하게 반응한 선택지를 찾아야겠지요. 아무런 근거 없이 되는대로 표현한 생각은 시를 올바르게 감상한 것으로 볼 수 없습니다.

정답 해설

정답은 ③번입니다. (나)의 「오우가」는 다섯 자연물을 각각 올바른 품성을 지닌 사람처럼 표현한 시조입니다. 지문에 제시된 '제4수'에서는 한겨울 눈서리에 아랑곳하지 않고 땅속 깊이 곧은 뿌리를 내리는 소나무를 통해 시련을 이겨 내는 사람의 품성을 강조하고 있습니다.

다른 선택지는 「오우가」의 다른 수에 해당하는 설명입니다. ① 깨끗하고도 그치지 않는 물을 통해 변하지 않는 품성을 드러낸 부분은 '제2수'입니다. ② 변하지 않는 바위를 통해 한결같은 품성을 드러낸 부분은 '제3수'입니다. ④ 사계절 내내 곧고 푸른 대나무를 통해 외부의 시련 속에서도 원칙과 신념을 굽히지 않고 지켜 나가는 곧은 지조와 절개는 '제5수'에서 나타납니다. ⑤ 밤하늘에 높이 떠 있는 달과 같이 묵묵히 세상을 비추는 과묵한 품성은 '제6수'에서 나타납니다.

※ 다음 글을 읽고 물음에 답하시오.

내를 건너서 숲으로
고개를 넘어서 마을로

어제도 가고 오늘도 갈
나의 길 새로운 길

민들레가 피고 까치가 날고
아가씨가 지나고 바람이 일고

나의 길은 언제나 새로운 길
오늘도…… 내일도……

내를 건너서 숲으로
고개를 넘어서 마을로

— 윤동주, 「새로운 길」

3. 〈보기〉를 바탕으로 이 작품을 이해한 내용으로 적절하지 <u>않은</u> 것은?

─────── 〈보기〉 ───────

　윤동주의 시에서는 자아 성찰의 태도가 강하게 드러난다. 즉, 시인은 자신의 삶을 반성하고 부정적 상황 속에서도 이상과 소망을 향해 나아가려는 새로운 의지를 다지는 시들을 많이 창작했다.

① '내'와 '고개'는 말하는 이가 겪을 시련과 고난을 뜻하겠군.
② '나의 길'을 통해 자신의 인생을 성찰하고 있음을 짐작할 수 있군.
③ '숲'과 '마을'은 말하는 이의 이상과 소망을 의미한다고 볼 수 있겠군.
④ '어제도 가고 오늘도 갈'을 보니 말하는 이의 꾸준한 의지가 느껴지는군.
⑤ '민들레', '까치', '아가씨', '바람'은 말하는 이가 맞닥뜨릴 부정적 상황이라고 볼 수 있겠군.

해설

유형 분석

수능에서는 작품 밖에서 가져온 자료에 근거해 작품을 감상하거나 해석하는 문제가 자주 출제됩니다. 따라서 〈보기〉의 내용이나 관점을 바탕으로 작품을 해석할 수 있도록 연습해 봅시다. 이 문제는 윤동주 시의 전체적인 특징이 「새로운 길」에 어떻게 나타나고 있는지를 묻고 있습니다.

정답 해설

정답은 ⑤번입니다. '민들레', '까치', '아가씨', '바람'은 말하는 이가 '나의 길'을 갈 때 만나는 '다양한 존재' 또는 '다정한 이웃'을 가리키므로 부정적 상황을 드러낸다고 보는 것은 적절하지 않습니다.

① '내'를 건너고 '고개'를 넘어서 '숲'과 '마을'로 가야 하므로 '내'와 '고개'는 '숲'과 '마을'로 가기 위해 거쳐야 하는 시련과 고난을 의미한다고 볼 수 있습니다.

② '나의 길'을 간다는 것은 나의 삶을 살아가겠다는 의미이므로 말하는 이가 자신의 인생과 삶에 대해 성찰하는 과정에 있다고 볼 수 있습니다.

③ '숲'과 '마을'은 말하는 이가 도달하고자 하는 곳이므로 말하는 이의 이상과 소망을 의미한다고 볼 수 있습니다.

④ '어제도 가고 오늘도 갈'을 통해 쉬지 않고 길을 가려는 말하는 이의 의지가 느껴진다고 볼 수 있습니다.

※ 다음 글을 읽고 물음에 답하시오.

(가) ─ 엄마, 저 별 좀 따 주세요.

저기, 저 별 말이지?
초승달 가장 가까이서 반짝이는 별.

물론 따 줄 수는 있어.
나무 열매를 따듯
또옥, 별을 따 줄 수는 있어.

그런데 말야.
하늘에 저렇게 별이 많은 건
사람들이 참았기 때문이야.
따고 싶어도 모두들 꾹 참았기 때문이야.

─ 그래도 하나만 따 주세요.

지금부터 눈을 꼬옥 감고 열을 세렴.
엄만 다 방법이 있거든.

─ 하나, 두울, 셋, 넷, 다섯, 여섯, 일곱, 여덟, 아홉, 열!

이제 눈을 떠 봐.
자아, 별!

─ 에이, 이건 돌이잖아요.

거봐, 별은 땅에 내려오는 순간
이렇게 시들어 버리지.

별을 손에 쥐고 싶어도
사람들이 참고 또 참는 것은 그래서란다.
— 나희덕, 「하늘의 별 따기」

(나) 어느 날 마당에 앉아 물끄러미 허공을 바라보고 있었습니다. 그
때 아주 큼직한 거미 한 마리가 전깃줄과 빨랫줄 사이의 넓은 공간에
다가 지어 놓은 거대한 거미집이 눈에 띄었습니다. 비 온 뒤라서 거미
줄은 온통 영롱한 구슬처럼 반짝반짝 빛났습니다. 그 솜씨가 어쩌나
정교하고 미려한지, 그 신비로움에 감탄하여 한참이나 넋을 잃을 정도
였습니다.

그런데 자세히 들여다보니 잠자리 한 마리가 거미줄 가장자리에 걸
려 안간힘을 쓰는 모습이 눈에 띄었습니다. 벗어나려고 몸부림을 칠수
록 거미줄은 더욱더 잠자리의 가느다란 몸뚱이를 사정없이 죄어 왔습
니다. 조금 전까지 신비로움과 아름다움의 대상이었던 거미집이 갑자
기 소름이 오싹 돋는 죽음의 덫으로 변했습니다.

거미줄로 다가가 조심조심 잠자리의 몸을 휘감은 거미줄을 떼어 보
았습니다. 그러나 어쩌나 가늘고 신축성이 뛰어난지 거미줄을 떼어 내
기가 여간 힘든 게 아니었습니다. 더욱이 잠자리 날개는 너무 얇고 미
세해서 숨을 죽이며 조심조심했는데도 그만 한쪽 날개가 너덜너덜 찢
어지고 말았습니다. 가까스로 거미줄을 다 벗겨 냈지만 잠자리는 날
수가 없었습니다. 손바닥 위에 올려놓고 몇 번이나 날려 보았으나 잠
자리는 그때마다 곤두박질치듯 바닥으로 떨어지고 말았습니다. 그 뒤
몇 번 더 퍼덕였지만 끝내는 더 이상 움직이지 않았습니다.

결국 거미는 거미대로 먹이를 잃고, 잠자리는 잠자리대로 죽고 만

것입니다. 도와준다고 나선 것이 결과적으로는 둘 다 망치고 만 것입니다.

이런 게 값싼 동정심이란 거구나.

신이라도 되는 것처럼, 돌고 도는 이 자연의 순환, 이 위대한 자연의 섭리를 거스르다니, 바꿔 보겠다고 끼어들다니.

이런 무지몽매가 없었습니다. 후회막심이었습니다.

그때였습니다. 어디서 냄새를 맡았는지 귀신같이 알고 개미들이 죽은 잠자리 시체를 향해 떼를 지어 새까맣게 몰려오기 시작했습니다.

바로 저거야!

자연의 가르침에 저절로 머리가 숙었습니다.

자연은 정말 위대한 스승입니다.

— 김하경, 「자연은 위대한 스승」

4. (가)의 '아이'와 (나)의 글쓴이가 대화를 나눈다고 가정할 때, 빈칸에 들어갈 내용으로 가장 적절한 것은?

> 아이: 하늘의 별 좀 따 주세요. 반짝이는 저 별이 너무 갖고 싶어요!
> 글쓴이: 내가 거미줄에 걸린 잠자리를 떼어 내려다 거미가 먹이를 잃어 버리고 잠자리도 죽은 일이 있었거든.
> _____

① 별도 잠자리처럼 조심스레 따지 않으면 망가질 거야.
② 별은 잠자리보다 개수가 많으니 하나쯤 없어져도 괜찮을 거야.
③ 별과 잠자리는 다르니까 별을 딸 수 있는 방법을 같이 생각해 보자.
④ 별도 잠자리처럼 가까이 있다면 따 줄 텐데 너무 멀어서 딸 수가 없구나.
⑤ 별도 잠자리처럼 사람 손이 닿으면 망가질 테니 그대로 두고 보는 게 어떨까.

유형 분석

작품의 말하는 이가 가상의 대화를 나누는 내용을 통해 문학 작품을 종합적으로 감상했는지를 알아보는 문제입니다. 이처럼 수능에서는 두 가지 이상의 갈래를 함께 엮은 문제가 출제되기도 하니, 평소 다양한 갈래의 작품을 감상하며 각 작품의 특징뿐만 아니라 갈래별 특징도 잘 이해해 두어야 합니다.

정답 해설

(가)의 '아이'는 엄마에게 밤하늘의 반짝이는 별을 따 달라고 말합니다. (나)의 글쓴이는 거미줄에 걸린 잠자리를 구해 주려다 실패하는 바람에 거미는 거미대로 먹이를 잃고 잠자리는 잠자리대로 죽게 만든 경험이 있습니다. 그때 자연의 섭리에 함부로 개입하면 안 된다는 것을 깨달았지요.

이로 보아 글쓴이가 '아이'에게 건넬 말로 가장 적절한 것은 ⑤번입니다. 글쓴이는 별도 자연의 일부로 사람의 손이 닿으면 자칫 망가질 수 있기에 있는 모습 그대로 두고 보는 것이 옳다고 생각할 것이기 때문입니다.

① (나)의 글쓴이는 인간이 자연에 개입하는 것 자체를 옳지 않다고 느끼고 있습니다. 별을 조심스레 따 보자는 말도 하지 않겠지요.

② (나)의 글쓴이는 잠자리를 구하려다 실패하고, 거미의 먹이마저 빼앗게 된 상황을 반성하고 있습니다. 따라서 자연물을 조금이라도 훼손하는 것은 글쓴이가 가질 법한 태도가 아닙니다.

③ (나)의 글쓴이는 별을 따기 위한 방법을 생각하기보다 아이에게 자연의 섭리를 존중하는 방법을 알려 줄 것이라고 해석하는 편이 타당합니다.

④ 자연물을 손에 넣지 못해 아쉬워하는 것은 '아이'가 보일 법한 태도입니다. (나)의 글쓴이는 자연에 함부로 개입했던 경험을 통해 자연의 섭리를 따르는 것이 좋다고 말하고 있지요.

※ **다음 글을 읽고 물음에 답하시오.**

　길동의 가슴에는 늘 원한이 맺혀 있었다. 출생이 천한 탓에 아버지를 아버지라 부르지 못하고 형을 형이라 부르지 못하기 때문이었다. 그는 자신의 천한 신분을 한탄하고 또 한탄하였다.

　어느 칠월 보름날, 길동은 밝은 달을 쳐다보며 뜰을 배회하고 있었다. 쓸쓸한 가을바람 사이로 들려오는 기러기 울음소리가 마음에 외로움을 더했다. 길동의 가슴에는 절로 탄식이 일어났다.
　"대장부가 세상에 태어나서 공자, 맹자의 학문을 익힌 뒤에, 나가서는 장수가 되고 들어와서는 재상이 되며, 대장인을 허리춤에 차고 단(壇) 위에 높이 앉아 수많은 군사를 마음대로 지휘하며, 남쪽으로 초(楚)나라를 치고, 북쪽으로 중원(中原)을 평정하며, 서쪽으로 촉(燭)나라를 쳐 업적을 쌓은 후에, 얼굴을 기린각에 그려 빛내고 이름을 후세에 전함이 대장부의 떳떳한 일일 것이다. 옛사람이 이르기를 '왕후장상의 씨가 따로 없다' 하였는데 이는 나를 두고 말함인가? 아무리 하찮은 사람이라도 아버지를 아버지라 부르고 형을 형이라 부르는데, 나만 홀로 그리하지 못하는구나. 내 인생은 어찌하여 이리도 기박한가?"
　길동은 가슴에 차오르는 답답함을 걷잡을 수가 없었다. 달빛 아래서 칼을 잡고 한바탕 춤을 추듯 몸을 날래게 움직이며 장한 기운을 다스리고 있었다.
　그때 홍 대감 역시 밝은 달빛을 즐기고자 창문을 열고 비스듬히 기대어 앉아 있다가 이런 길동의 모습을 보았다. 대감이 크게 놀라며 물었다.
　"밤이 이미 깊었는데 너는 무슨 흥이 있어 이러고 있느냐?"
　길동이 칼을 던지고 엎드려 대답하였다.
　"소인이 대감의 정기를 받고 당당한 남자로 태어났으니 이만한 즐거움도 없습니다. 그러나 늘 서러운 것은 아버지를 아버지라 부르지 못하고 형을 형이라 부르지 못하는 신세이옵니다. 하인들까지 모두 천하게 보며, 친지와 친구조차도 아무개의 천생이라고 이릅니다. 이런 원통한 일이 어디 있겠습니까?"

길동은 대성통곡하였다. 대감은 속으로는 길동이 불쌍했지만 짐짓 꾸짖어 말하였다. 만일 그 마음을 드러내서 위로하면 오히려 버릇이 없어질까 염려하였던 것이다.

"재상의 집안에서 천한 노비에게 태어난 사람이 너뿐이 아니다. 그러니 방자하게 굴지 말아라. 다시 그런 말을 입 밖에 꺼내면 내 앞에 서지도 못하게 할 것이다."

(중략)

"이 몸이 당당하게 조선국 병조판서 대장인을 차고 상장군이 되지 못할 바에야, 차라리 산중에 들어가 세상 영욕을 모르는 채 지내고자 합니다. 옛날 장충의 아들 길산은 소자보다 더한 천생이었습니다. 하지만 열세 살에 그 어미와 이별하고 운봉산에 들어가 도를 닦아, 아름다운 이름을 후세에 전하였습니다. 소자도 그를 본받아 세상을 벗어나려 하옵니다. 감히 바라옵건대, 어머니께서는 소자의 사정을 살피어 아주 버린 듯이 잊고 계십시오. 훗날 소자가 돌아와 은혜를 갚을 날이 있을 것입니다. 그렇게만 짐작하고 계시옵소서."

길동이 말을 마치는데, 그 말하는 기상이 너무나 도도해 슬픈 기색조차 없었다. 이를 본 어미가 길동을 달래며 말했다.

"재상 집안의 천생이 비단 너뿐이 아니다. 어디서 무슨 말을 들었길래 어미의 마음을 이다지도 아프게 하느냐? 어미의 낯을 봐서라도 그대로 조용히 지내고 있으면 안 되겠느냐? 그러면 앞으로 대감께서 무슨 조치를 해 주실 것이다."

"아버님과 형님의 천대는 그렇다 하더라도, 하인이며 아이들이 이따금 던지는 말이 골수에 박히는 경우가 허다합니다."

— 허균, 「홍길동전」

5. 〈보기〉를 참고하여 이 글을 감상한 내용으로 적절하지 <u>않은</u> 것은?

─── 〈보기〉 ───

「홍길동전」에 나타나는 대표적인 갈등은 무엇일까? 이 소설의 배경인 조선은 신분제 사회로 아버지가 양반이어도 어머니가 천한 출신이면 그 자식은 양반이 되지 못한 채 차별 대우를 받았다. 이처럼 인물이 속한 사회적 상황 자체가 근본적인 원인이 되어 갈등이 전개되는 경우 우리는 이러한 유형을 '인물과 사회의 갈등'이라고 이야기한다.

① 길동과 형은 서로 신분이 다르다는 것을 알 수 있군.

② 길동과 어머니의 갈등이 「홍길동전」의 대표적인 갈등 유형이겠군.

③ 길동의 어머니와 길동은 신분제에 대해 서로 다른 태도를 보이는군.

④ 길동과 대감의 갈등의 근본적인 원인은 조선 사회의 신분제 때문이군.

⑤ 길동의 어머니가 천한 신분 출신이기 때문에 길동은 양반이 될 수 없겠군.

해설

유형 분석

수능 문제 유형 중 가장 대표적인 것이 이 참고 자료를 활용하여 문학 작품을 바르게 감상했거나 해석했는지 묻는 것입니다. 이 유형에서 가장 중요한 점은 문학 작품과 문제에 제시된 자료를 통합적으로 이해해야 한다는 것입니다. 자신의 감상만으로 문제를 푸는 것이 아니라 주어진 자료를 이해하고 〈보기〉에서 제시된 관점으로 문제에 접근해야 합니다.

정답 해설

〈보기〉는 「홍길동전」에 나온 갈등 유형을 설명하고 있습니다. 소설의 배경인 조선 시대의 사회상을 제시하며 이 작품이 인물과 사회의 갈등을 다루고 있음을 알려 주고 있어요. 이런 정보를 이해하고 문제를 살펴봅시다.

이 문제의 정답은 ②입니다. 〈보기〉로 볼 때, 「홍길동전」의 대표적인 갈등은 인물과 사회의 갈등이므로 ②의 서술은 적절하지 않습니다.

① 형을 형이라고 부를 수 없다는 점에서 형과 길동의 신분이 다름을 알 수 있어요. 따라서 ①의 서술은 적절합니다.

③ 길동은 신분적 제약에서 벗어나고자 하지만 길동의 어머니는 길동이 상황을 순순히 받아들이길 원하고 있지요. 따라서 ③의 서술은 적절합니다.

④ 길동과 대감은 아버지를 아버지라고 부르지 못하는 문제로 서로 갈등하고 있어요. 이는 길동의 천한 신분 때문에 생겨난 일이므로 ④의 서술은 적절합니다.

⑤ '천한 노비에게 태어난'과 '재상 집안의 천생'이라는 대사에서 길동의 어머니가 천한 출신임을 알 수 있고 〈보기〉에서 그런 경우 양반이 되지 못한다고 설명하고 있으므로 길동이 양반이 될 수 없다는 서술은 적절합니다.

※ 다음 글을 읽고 물음에 답하시오.

　문기 집 가까이 이르렀다. 수만이는 문기 앞으로 다가서며 작은 음성으로 조졌다.

　"너, 지금으로 가지고 나오지 않으면 낼은 가만 안 둔다. 도적질했다 하구 똑바루 써 놓을 테야."

　문기는 여전히 못 들은 척 걸음만 옮긴다. 자기 집 마당엘 들어섰다. 숙모는 뒤꼍에서 화초 모종을 하는지 여기 심어라 저기 심어라 하고 아랫집 심부름하는 아이와 이야기하는 소리가 날 뿐 집 안엔 아무도 없다.

　그리고 눈앞에 보이는 붙장 안 앞턱에 잔돈 얼마와 지전 몇 장이 놓여 있다. 그리고 문밖엔 지금 수만이가 돈을 가지고 나오기를 기다리고 섰다. 여기서 문기는 두 번째 허물을 범하고 말았다.

　"진작 듣지."

　하고 빙그레 웃는 수만이 얼굴에다 뺨을 때리듯 돈을 던져 주고 문기는 달아났다.

　급한 걸음으로 문기는 네거리 하나를 지났다. 또 하나를 지났다. 또 하나를 지났다. 걸음은 차차 풀이 죽는다. 그리고 문기는 이런 생각을 하였다.

　'자기는 몰래 작은어머니 돈을 축냈다. 그러나 갚으면 고만 아니냐. 그 돈 값어치만큼 밥도 덜 먹고 학용품도 아껴 쓰고 옷도 조심해 입고, 이렇게 갚으면 고만 아니냐.'

　몇 번이고 이 소리를 속으로 되뇌며 문기는 떳떳이 얼굴을 들고 집으로 들어갈 수 있을 만한 뱃심을 만들려 한다. 그러나 일없이 공원으로 거리로 돌며 해를 보낸다.

　날이 저물어서 문기는 풀이 죽어 집 마루에 걸터앉았다. 숙모가 방에서 나오다 보고

　"너 학교에서 인제 오니?"

　그리고 이어

"너 혹 뒤주 안의 돈 봤니?"

하다가는 채 문기가 입을 열기 전에 숙모는

"학교서 지금 오는 애가 알겠니. 참 점순이 고년 앙큼헌 년이더라. 낮에 내가 뒤꼍에서 화초 모종을 내고 있는데 집을 간다고 나가더니 글쎄 돈을 집어 갔구나."

문기는 잠잠히 듣기만 한다. 그러나 속으로는 갚으면 고만이지 소리를 또 한 번 외어 본다.

그날 밤이었다. 아랫방 들창 밑에 훌쩍훌쩍 우는 어린아이 울음소리가 났다. 아랫집 심부름하는 아이 점순이 음성이었다. 숙모가 직접 그 집에 가서 무슨 말을 한 것은 아니로되 자연 그 말이 한 입 건너 두 입 건너 그 집에까지 들어갔고, 그리고 그 집 주인 여자는 점순이를 때려 쫓아낸 것이다. 먼저는 동네 아이들이 모여 지껄지껄하더니 차차 하나 가고 둘 가고 훌쩍훌쩍 우는 그 소리만 남는다. 방 안의 문기는 그 밤을 뜬눈으로 새웠다.

이튿날 아침이다. 문기는 밥을 두어 술 뜨다가는 고만둔다. 그 돈을 갚기 위한 그것이 아니다. 도시 입맛이 나지 않았다.

— 현덕, 「하늘은 맑건만」

6. 이 글의 등장인물에 대한 설명으로 적절하지 않은 것은?

① 점순이의 울음소리를 듣고 문기의 죄책감은 더욱 커지고 있다.

② 점순이는 문기의 행동으로 인해 억울하게 집에서 쫓겨나게 되었다.

③ 문기는 숙모의 돈을 갚기 위해 다음 날부터 밥을 먹지 않고 있다.

④ 수만이와 문기의 외적 갈등은 문기가 두 번째 잘못을 저지르는 원인이 되었다.

⑤ 숙모는 문기를 의심하지 않고, 점순이가 돈을 훔쳐 갔을 것이라 여기고 있다.

해설

유형 분석

이 문제는 등장인물을 중심으로 소설을 잘 이해했는지 묻고 있습니다. 등장 인물의 행동과 심리를 파악하려면 소설의 내용을 정확하게 이해하는 것이 중요합니다. 주어진 지문의 내용을 꼼꼼히 파악해 각 인물들의 행동과 심리를 해석하며 문제를 풀어야 합니다.

정답 해설

이 문제의 정답은 ③입니다. 문기는 자신의 행동으로 점순이가 쫓겨나게 된 상황에 죄책감이 심해져서 밥을 먹지 못하고 있기 때문에 ③은 적절하지 않은 서술입니다. 밥을 '남기는' 것이 숙모의 재산을 아끼는 데 보탬이 될 수는 없겠지요. 마지막 두 문장을 통해 문기의 심리를 짐작할 수 있습니다.

①의 경우, 점순이의 울음소리를 듣고 문기가 뜬눈으로 밤을 지샜다는 서술을 통해 문기의 죄책감이 커진 것을 확인할 수 있어 적절한 서술입니다.

②의 경우, 문기가 돈을 훔쳤기 때문에 숙모가 점순이를 오해했고, 이 때문에 점순이가 일하던 집에서 쫓겨났기 때문에 적절한 서술입니다.

④의 경우, 돈을 가져오라고 협박하는 수만이와 거부하고 싶은 문기의 외적 갈등으로 인해 결국 문기가 숙모의 돈을 훔치게 되므로 적절한 서술입니다.

⑤의 경우, 숙모가 문기에게 "학교서 지금 오는 애가 알겠니."라고 말하는 부분으로 미루어 문기가 아니라 당시 집에 있었던 점순이를 의심하고 있음을 알 수 있습니다.

※ 다음 글을 읽고 물음에 답하시오.

[앞부분 줄거리] 전기용품점에서 일하는 수남이는 바람이 많이 불던 날 자전거를 타고 배달을 나갔다. 그런데 수남이가 세워 두었던 자전거가 한 신사의 승용차 옆으로 쓰러지고 만다. 그러자 신사는 자전거 때문에 승용차가 긁혔다며 수남이에게 수리비를 요구하고, 돈을 가져올 때까지 갖고 있겠다며 자전거에 자물쇠를 채운다. 신사가 자리를 비운 사이, 주변 사람들의 성화에 수남이는 자전거를 들고 도망친다.

"네놈 오늘 운 텄다."

그러고는 수남이의 머리를 쓰다듬고 볼과 턱을 두둑한 손으로 귀여운 듯이 감싼다. 영감님이 기분이 좋을 때면 수남이에 대한 애정의 표시로 으레 그렇게 했었고, 수남이도 그걸 좋아했었다.

㉠그런데 오늘은 싫다. 영감님의 손이 싫다. 그것이 운 트기는커녕 재수 옴 붙었다는 생각이 여전하고, 수남이는 그날 온종일 우울했다. 그러나 자기가 왜 그렇게 우울한지 그걸 차분히 생각할 새도 없는 바쁜 하루였다.

가게 문을 닫고 주인 댁에서 날라 온 저녁밥을 먹고 나면 비로소 수남이 혼자만의 시간이다. 꿀 같은 시간이었다. 책을 펴 놓고 영어 단어를 찾고, 수학 문제를 풀어 보고, 턱을 괴고 소년답게 감미로운 공상에 잠길 수 있는 그런 시간이었다.

그러나 오늘 수남이는 그게 되지를 않았다. 책을 집어 던졌다.

㉡낮에 내가 한 짓은 옳은 짓이었을까? 옳을 것도 없지만 나쁠 것은 또 뭔가. 자가용까지 있는 주제에 나 같은 아이에게 오천 원을 우려내려고 그렇게 간악하게 굴던 신사를 그 정도 골려 준 것이 뭐가 나쁜가? 그런데도 왜 무섭고 떨렸던가. 그때의 내 꼴이 어땠으면, 주인 영감님까지 "네놈 꼴이 꼭 도둑놈 꼴이다."라고 하였을까.

그럼 내가 한 짓은 도둑질이었단 말인가. 그럼 나는 도둑질을 하면서 그렇게 기쁨을 느꼈더란 말인가.

수남이는 몸을 부르르 떨면서 낮에 자전거를 갖고 달리면서 맛본 공포와 함께 그 까닭 모를 쾌감을 회상한다. 마치 참았던 오줌을 내깔길 때처럼 무거운 억압이 갑자기 풀리면서 전신이 날아갈 듯이 가벼워지는 그 상쾌한 해방감―한번 맛보면 도저히 잊힐 것 같지 않은 그 짙은 쾌감, 아아 도둑질하면서도 나는 죄책감보다는 쾌감을 더 짙게 느꼈던 것이다.

ⓒ혹시 내 핏 속에 도둑놈의 피가 흐르고 있기 때문이 아닐까. 순간 수남이는 방바닥에서 송곳이라도 치솟은 듯이 후닥닥 일어서서 안절부절못하고 좁은 방 안을 헤맸다.

수남이의 눈앞에는 수갑을 차고, 순경들에게 끌려와 도둑질 흉내를 그대로 내보이던 형의 얼굴이 환히 떠오른다.

(중략)

형은 읍내에서 온 순경한테 수갑이 채워져 붙들려 갔다. 형은 악을 써서 변명을 하며 갔다.

"이 년 만에 빈손으로 집에 들어갈 수는 없었단 말야. 도저히 그럴 수는 없었단 말야."

그래서 읍내 양품점을 털어 돈과 물건을 훔친 것이다. 다음에 수남이가 형을 본 것은 읍내에 현장 검증인가를 나왔을 때다. 도둑질한 것을 다시 한번 되풀이해 보여 주는 것인데, 딴 구경꾼들 틈에 섞여 수남이는 몸서리를 치면서 그것을 봤다. 그 도둑놈과 형제간이란 게 두고두고 생각해도 몸서리가 쳤다.

아버지는 화병으로 몸져눕고 집안 형편은 말이 아니었다. 수남이는 드디어 어느 날 형이 그랬던 것처럼 서울 가서 돈 벌어 오겠다고 집을 나섰다. 아버지는 말리지 않았다. 문지방을 짚고 일어나 앉아서 띄엄띄엄 수남이를 타일렀다.

"무슨 짓을 하든지 그저 도둑질을 하지 말아라, 알았쟈."

그런데 도둑질을 하고 만 것이다. 하지만 수남이는 스스로 그것은 결코 도둑질이 아니었다고 변명을 한다.

그런데 왜 그때, ㉣그렇게 떨리고 무서우면서도 짜릿하니 기분이 좋았던 것인가? 문제는 그때의 그 쾌감이었다. 자기 내부에 도사린 부도덕성이었다. 오늘 한 짓이 도둑질이 아닐지 모르지만 앞으로 도둑질을 할지도 모르겠다는 생각이 들었다. 형의 일이 자기와 정녕 무관한 일이 아니란 생각이 들었다.

소년은 아버지가 그리웠다. 도덕적으로 자기를 견제해 줄 어른이 그리웠다. 주인 영감님은 자기가 한 짓을 나무라기는커녕 손해 안 난 것만 좋아서 "오늘 운 텄다."라고 좋아하지 않았던가.

수남이는 짐을 꾸렸다. 아아, 내일도 바람이 불었으면. 바람에 물결치는 보리밭을 보았으면.

㉤마침내 결심을 굳힌 수남이의 얼굴은 누런 똥빛이 말끔히 가시고, 소년다운 청순함으로 빛났다.

— 박완서, 「자전거 도둑」

7. ㉠~㉤에 대한 설명으로 적절하지 <u>않은</u> 것은?

① ㉠: 수남이는 운이 텄다고 좋아하는 주인 영감의 말에도 불구하고, 자신의 행동이 칭찬받을 일이 아니라고 생각했기 때문에 주인 영감의 손에 거부감이 들었다.

② ㉡: 신사를 골려 준 일에 대해 다시 생각하며 이 일이 옳은 일이었는지 고민하는 수남이의 내적 갈등을 보여 주고 있다.

③ ㉢: 형의 사건을 떠올리며 자신이 한 일이 도둑질이라는 생각에 괴로워하는 수남이의 심리를 드러내고 있다.

④ ㉣: 도둑질할 때의 쾌감을 떠올리며 그 느낌을 다시 느끼고 싶어 다음 도둑질을 계획하고 있다.

⑤ ㉤: 자신의 도덕성을 잃지 않기 위해 서울을 떠날 결심을 한 후, 마음의 평안을 되찾은 수남이의 모습을 보여 주고 있다.

해설

유형 분석

이 문제는 소설을 깊이 있게 감상하는 능력을 묻는 유형입니다. 이처럼 특정 부분에 대한 해석이나 감상을 묻기도 하고, 글 전체의 내용을 기준으로 묻기도 합니다. 수능의 경우 학생들이 이미 문학적 개념을 다 학습했다고 여기기 때문에 문항 자체에 다양한 개념어들이 직접 쓰이는 경우가 많습니다. 따라서 국어 수업을 통해 알게 되는 다양한 문학적 개념들을 잘 이해하는 것이 중요하겠죠? 이 문제에서도 '갈등'의 개념을 알아야만 풀 수 있습니다.

정답 해설

㉠~㉤에 대한 적절하지 않은 설명은 ④입니다. 수남이는 자신이 느낀 쾌감을 문제라고 느끼며 '부도덕'하다고 생각합니다. 따라서 이 쾌감을 다시 한번 느끼려고 도둑질을 계획한다는 것은 적절하지 않은 서술입니다.

㉠의 앞부분을 보면 주인 영감은 자동차 수리비를 내지 않고 자전거를 들고 온 수남이의 행동을 칭찬하고 있으나 정작 수남이는 찜찜해하며 주인 영감의 손을 싫다고 느끼므로 ①은 적절한 서술이라고 할 수 있습니다.

㉡은 수남이가 자신의 행동에 대해 고민하고 갈등을 겪고 있는 상황을 다루므로 내적 갈등이 드러난다는 ②의 서술은 적절합니다.

㉢에서 '핏속에 도둑놈의 피'라고 말하는 것은 도둑질로 잡혀간 형 수길이를 떠올리며 자신의 행동 역시 도둑질이라고 생각해 괴로워하는 것이라 할 수 있으므로 ③의 서술은 적절합니다.

㉤에서 짐을 꾸리고 서울을 떠나며 청순한 얼굴로 회복된 수남이의 모습으로 보아 괴로워하던 수남이의 내적 갈등이 해소된 것을 의미하므로 ⑤의 서술은 적절합니다.

※ 다음 글을 읽고 물음에 답하시오.

(가) S# 27. 명진구청 도서관 / 낮

서가를 훑는 민재. 영어 교재들이 꽂힌 선반에서 『어린이 영어 첫걸음』, 『기초 영어 펜맨십』 두 권을 꺼낸다.

CUT TO.
창가 책상에 앉은 옥분 앞에 책을 툭 던져 놓는 민재. 『기초 영어 펜맨십』을 펴면 대문자, 소문자 알파벳을 쓰는 페이지.

민재 일단 이거 쭉 한번 써 보세요.
옥분 내가 독학이지만, 영어 공부한 지가 몇 년인데. 설마 알파벳도 못 쓸까 봐?
민재 싫으시면 말구요.
옥분 (책을 치워 버리려는 민재를 붙든다.) 아니여, 내가 교만했네. 처음 시작하는 심정으로다가 할게.

『기초 영어 펜맨십』 첫 페이지를 펴고 필통을 꺼내는 옥분.

옥분 연필로 썼다가 지워야겠지? 다 같이 보는 책이니께?
민재 좋으실 대로.

서가 앞에 선 민재. 7급 공무원 교재 한 권을 꺼내어 훑어본다. 옥분은 『기초 영어 펜맨십』 책자 위에 알파벳을 정성껏 쓴다.

CUT TO.
테이블. 못마땅한 표정으로 옥분을 바라보는 민재.

민재 영어 할 줄 아는 거 있으면 아무거나 해 보세요. 수준을 알아야 뭘 어떻게 해 보든지 하지.

옥분 그동안 나 혼자 단어 위주로 많이 공부했어. (눈에 보이는 사물을 가리키며) 체어(chair), 윈도우(window), 스카이(sky), 클라우드(cloud), (벽시계를 가리키며) 저건 클락(clock)이지, 벽시계니께. (민재 손목을 가리키며) 손목시계(watch)는 워치. (우쭐하며) 복지 회관 실버 클래스 학생 중에 클락이랑 워치 구분할 줄 아는 사람은 나밖에 없었어.

민재, 바로 옆 서가에서 두꺼운 백과사전 한 권을 가져오더니

민재 이건 뭐죠?

옥분 아이고, 사람 무시하지 마. 북(book)이지.

민재 무슨 책이냐고요.

옥분 아…… 사전……. (머리를 긁적이며) 딕……딕쇼……딕쇼나리. 딕쇼나리, 사전 맞지?

민재 그건 일반 사전을 말하는 거고, 이건 백과사전이에요. 백과사전이 영어로 뭐예요?

옥분 원 헌드레드 딕쇼나리?

민재 인사이클로피디아(encyclopedia).

옥분 잉 머시기?

민재 (일부러 더 발음 굴려서) 인사이클로피디아.

옥분 잉싸……. (너무 힘들다.) 그런 단어를 알아야 되는겨?

민재 우리말에서 백과사전이 어려운 단어인가요? 잘 안쓰는 단어예요?

옥분 아니지. 어려운 단어 아니지.

민재 그럼 인사이클로피디아도 영어에서 기본 단어겠죠. 안 그래요?

갑자기 자신이 없어진 옥분, 그 낌새를 눈치챈 민재.

민재 제가 단어 몇 개 골라 드릴 테니까 내일까지 외워 오세요. 그러면 정식으로 영어 가르쳐 드리죠.

S# 28. 명진구청 도서관 / 다음 날
쪽지 시험(?) 보는 옥분. 민재가 적은 한글 단어 옆에 영어 단어를 꾸역꾸역 써 넣는다.

옥분 인류학, 앤쏠로폴로지……. 철자가 에이, 엔, 티…….(슬쩍 눈치를 보며) 철자는 봐준다고 그랬지?
민재 철자 모르겠으면 한글로 쓰세요.
옥분 아이고, 자상도 하셔라.

CUT TO.
민재가 채점한 옥분의 답안지 인서트, 스무 문제 중 열다섯 개를 맞혔다.

민재 75점이에요. 잘하셨는데…… 약속한 80점에는 모자라니까…….
옥분 좌절…… 좌절…….
민재 좌절하지 마세요.
옥분 좌절…… 프러스트레이트(frustrate). 프러스트레이트. 이제 생각 났네, 이거 맞은 걸로 하면 딱 80점인데 어떻게 안 될까?
민재 (냉정하게) 약속은 약속이니까요. (일어서며) 그럼.
— 강지연·유승희, 「아이 캔 스피크」

(나) 나는 오전에 자전거를 끌고 사람이 없는 운동장으로 갔다. 시멘트 계단 옆에 자전거를 세운 뒤 안장에 올라가서 발로 연단을 차는 힘으로 자전거의 주차 장치가 풀리면서 앞으로 나가도록 했다. 바퀴가 두 번도 구르기 전에 자전거는 멈췄고 나는 넘어졌다. 같은 식의 시행

착오가 수백 번 거듭되었다. 정강이와 허벅지에 멍 자국이 생겨났고 팔과 손의 피부가 벗겨졌다. 나중에는 자전거를 일으키는 일조차 힘이 들었다. 마지막으로 쓰러졌을 때 어둠이 다가오고 있는 걸 알고는 막막한 마음에 자전거 옆에 한참 누워 있다가 일어났다.

동네로 돌아오는 길에는 오십 미터쯤 되는 오르막이 있었다. 오르막에 올라서서 숨을 고르다가 문득 내리막을 달려 내려가면 자전거를 쉽게 탈 수 있지 않을까 하는 생각이 들었다. 내리막 아래쪽은 길이 휘어 있었고 정면에는 내가 어릴 적 물장구를 치고 놀던 도랑이 기다리고 있었다. 그리고 그 옆에는 다음 해 봄에 거름으로 쓸 분뇨를 모아 두는 '똥통'이 있었다. 내가 자전거를 통제하지 못하게 된다면 결말은 단순했다. 운 좋으면 도랑, 나쁘면 똥통.

그럼에도 불구하고 나는 돌을 딛고 자전거에 올라섰다. 어차피 가지 않으면 안 될 길, 나는 몸을 앞뒤로 흔들어 자전거를 출발시켰다. 자전거는 앞으로 나아가기 시작했다. 페달을 밟지 않고도 가속이 붙었다. 나는 난생처음 봄을 맞는 장끼처럼 나도 모를 이상한 소리를 내지르며 자전거와 한 몸이 되어 달려 내려갔다. 가슴이 터질 듯 부풀었고 어질어질한 속도감에 사로잡혔다. 어느새 내 발은 페달을 차고 있었고 자전거는 도랑과 똥통 옆을 지나고 있었다. 나는 삽시간에 어른이 된 기분으로 읍내로 가는 길을 내달렸다.

그날 나는 내 근육과 뇌에 새겨진 평범한, 그러면서도 세상을 움직여 온 비밀을 하나 얻게 되었다. 일단 안장 위에 올라선 이상 계속 가지 않으면 쓰러진다. 노력하고 경험을 쌓고도 잘 모르겠으면 자연의 판단— 본능에 맡겨라.

그 뒤에 시와 춤, 노래와 암벽 타기, 그리고 사랑이 모두 같은 원리에 따라 움직인다는 것을 나는 깨달았다. 비록 다 배웠다, 안다고 할 수 있는건 없지만.

— 성석제, 「어느 날 자전거가 내 삶 속으로 들어왔다」

8. (가), (나)에 대한 설명으로 적절한 것은?

① (가)는 글쓴이가 겪은 이야기이고 (나)는 상상력으로 꾸며 낸 이야기이다.

② (가)는 대사와 지시문을 통해 사건이 전개되고 (나)는 글쓴이가 이야기를 전달한다.

③ (가)는 민재의 심리 변화가 주된 내용이고 (나)는 글쓴이의 깨달음이 주된 내용이다.

④ (가)에는 민재의 내적 갈등이 드러나고 (나)에는 글쓴이가 겪은 외적 갈등이 드러난다.

⑤ (가)는 옥분의 도전 의식이 드러나고 (나)는 실패에 대한 글쓴이의 두려움이 잘 드러난다.

유형 분석

이 문제는 갈래가 다른 두 작품을 통합하여 묻는 유형입니다. 이런 유형의 경우 두 작품의 공통점을 묻기도 하고, 차이점을 묻기도 합니다. 이때 작품의 갈래적 특성, 작품의 내용, 인물의 심리 등 두 작품을 깊이 있게 이해하는 것이 중요합니다. 이 문제는 (가)와 (나)를 비교하며 갈래, 내용, 인물의 심리 등 다양한 요소 사이의 차이점을 묻고 있습니다.

정답 해설

(가)는 「아이 캔 스피크」라는 영화 시나리오의 일부이고, (나)는 글쓴이가 자신의 경험을 바탕으로 쓴 수필입니다. (가)는 쪽지 시험에 통과해야 영어를 가르쳐 주겠다는 민재의 제안에 시험에 도전하지만 통과하지 못한 옥분의 모습을 보여 줍니다. (나)는 글쓴이가 자전거를 배우기 위해 용기를 가지고 도전한 경험에서 얻은 깨달음을 서술하고 있지요.

(가), (나)의 설명으로 모두 적절한 것은 ②입니다 시나리오인 (가)는 대사와 지시문을 통해 사건이 전개되고 (나)는 수필로 자신의 경험을 전달하고 있기 때문입니다.

①의 경우, (가)는 허구적 이야기이고 (나)는 글쓴이가 겪은 이야기를 전하므로 적절하지 않은 서술입니다.

③의 경우, (가)에 민재의 심리는 잘 드러나 있지 않으므로 적절하지 않은 서술입니다.

④의 경우, (가)는 인물 간의 외적 갈등이 잘 드러나고 (나)에는 글쓴이의 고민이 잘 드러나므로 적절하지 않은 서술입니다.

⑤의 경우, (가)에서는 쪽지 시험에 통과하지 못한 옥분의 모습이, (나)에서는 실패보다 도전하는 것이 중요하다는 글쓴이의 깨달음이 드러나므로 적절하지 않은 서술입니다.

지은이 소개

오규원 「3월」

시인. 1965년 『현대문학』에 「겨울 나그네」가 초회 추천되고, 1968년 「몇 개의 현상」이 추천 완료되어 등단했다. 시집으로 『분명한 사건』, 『토마토는 붉다 아니 달콤하다』, 『새와 나무와 새똥 그리고 돌멩이』, 시 창작 이론집 『현대시작법』 등을 썼다.

성미정 「후후후」

시인. 1994년 『현대시학』을 통해 등단했다. 시집 『대머리와의 사랑』, 『사랑은 야채 같은 것』, 『상상 한 상자』, 동시집 『엄마의 토끼』 등을 썼다.

양사언 「태산이 높다 하되」

조선 전기의 문신, 서예가. 서예와 시문으로 당대에 이름을 떨쳤다. 문집으로 『봉래집(蓬萊集)』이 있다.

홍랑 「묏버들 가려 꺾어」

조선 중기 함경도의 기녀. 당대의 이름난 문인이었던 최경창이 함경도에 부임하자 그와 가까이 사귀었으며, 이듬해 그가 서울로 돌아가게 되자 그에게 시를 지어 보냈다고 한다.

김선우「맨드라미」

시인, 소설가. 1996년 『창작과비평』을 통해 등단했다. 시집 『내 혀가 입속에 갇혀 있길 거부한다면』, 『내 몸속에 잠든 이 누구신가』, 『나의 무한한 혁명에게』, 청소년시집 『댄스, 푸른푸른』, 산문집 『김선우의 사물들』 등을 썼다.

나태주「별밤에」

시인. 1971년 『서울신문』 신춘문예를 통해 등단했다. 시집 『대숲 아래서』, 『막동리 소묘』, 『풀꽃』, 『꽃을 보듯 너를 본다』, 청소년시집 『너에게도 안녕이』를 비롯해 산문집, 동시집 등을 썼다.

김하경「자연은 위대한 스승」

소설가, 전 국어 교사. 교사로 일하며 시평집 『여교사 일기』를 펴낸 후, 방송 작가로 일하다 1988년 『실천문학』으로 등단했다. 소설집 『그해 여름』, 『눈 뜨는 사람』, 산문집 『아침입니다』 등을 썼다.

이문구「열보다 큰 아홉」

소설가. 1965년 『현대문학』을 통해 등단했다. 소설집 『관촌수필』, 『유자소전』, 장편소설 『장한몽』, 『산 너머 남촌』, 『매월당 김시습』 등을 썼다.

박상기「옥수수 뺑소니」

소설가, 국어 교사. 2013년 『창비어린이』 신인문학상에 청소년소설이, 2015년 『한국일보』 신춘문예에 동화가 당선되어 등단했다. 청소년소설 『옥수수 뺑소니』, 동화 『몰라요, 그냥』, 『수몽조의 특별한 선물』 등을 썼다.

박완서 「자전거 도둑」

소설가. 1970년 『여성동아』를 통해 등단했다. 장편소설 『나목』, 『그 많던 싱아를 누가 다 먹었을까』, 『미망』, 소설집 『엄마의 말뚝』, 『너무도 쓸쓸한 당신』 등을 비롯해 산문, 동화 등 다양한 분야의 작품을 썼다.

성석제 「어느 날 자전거가 내 삶 속으로 들어왔다」

소설가. 1995년 『문학동네』를 통해 소설가로 활동하기 시작했다. 소설집 『황만근은 이렇게 말했다』, 『그곳에는 어처구니들이 산다』, 장편소설 『왕을 찾아서』, 『투명인간』, 산문집 『소풍』 등을 썼다.

김진유 「나는 보리」

영화 감독. 2014년 영화 「높이뛰기」의 각본과 연출을 맡으며 영화 감독으로 데뷔했다. 「나는 보리」의 각본, 연출, 제작을 맡았다.

현덕 「하늘은 맑건만」

소설가. 1932년 『동아일보』를 통해 등단했다. 동화집 『포도와 구슬』, 『토끼 삼형제』, 소설집 『집을 나간 소년』, 『남생이』 등을 썼다.

장주식 「먹고 싶다, 수박」

동화 작가, 소설가. 2001년 장편 동화 『그리운 매화향기』로 등단했다. 동화 『청설모 이야기』, 『소가 돌아온다』, 『좀 웃기는 친구 두두』 등을 썼다..

허균 「홍길동전」

조선 중기의 문신, 소설가. 문장가이자 개혁 사상가로 이름을 떨쳤다. 『홍길동
전』, 『한정록』 등의 소설을 썼다.

강지연 「아이 캔 스피크」

영화 마케터, 제작자. 「아이 캔 스피크」의 기획·제작에 참여했다.

유승희 「아이 캔 스피크」

시나리오 작가. 「아이 캔 스피크」, 「달콤한 거짓말」 등의 시나리오를 썼다.

출처 및 수록 교과서 목록

1부 | 문학에 담긴 표현: 비유 · 운율 · 상징

작품명	출처	수록 교과서
3월	오규원, 『나무 속의 자동차』, 문학과지성사, 2008.	동아, 비상(박현숙), 천재(노미숙), 천재(정호웅)
후후후	성미정, 『엄마의 토끼』, 난다, 2015.	미래엔 (민병곤)
태산이 높다 하되	심재완 편저, 『정본 시조 대전』, 일조각, 1984. 임형택·고미숙 편저, 『한국 고전 시가선』, 창비, 1997.	창비교육
묏버들 가려 꺾어	심재완 편저, 『정본 시조 대전』, 일조각, 1984. 임형택·고미숙 편저, 『한국 고전 시가선』, 창비, 1997.	비상(박현숙)
맨드라미	김선우, 『댄스, 푸른푸른』, 창비교육, 2018.	해냄
별밤에	나태주, 『그리운 날이면 그림을 그렸다』, 열림원, 2022.	창비교육
자연은 위대한 스승	김하경, 『아침입니다』, 시대의창, 2010.	천재(노미숙)
열보다 큰 아홉	이문구, 『끝장이 없는 책』, 랜덤하우스중앙, 2005. 이문구, 『이문구』, 돌베개, 2004.	비상(박현숙)
하늘의 별 따기	나희덕 외 지음·김이구 외 엮음, 『의자를 신고 달리는』, 창비교육, 2015.	천재(노미숙)
새로운 길	윤동주, 『정본 윤동주 전집』, 문학과지성사, 2004.	동아, 비상(박영민)
오우가	심재완 편저, 『정본 시조 대전』, 일조각, 1984. 임형택·고미숙 편저, 『한국 고전 시가선』, 창비, 1997.	지학사, 천재(노미숙), 천재(정호웅), 해냄
아름다운 흉터	이청준, 『아름다운 흉터』, 열림원, 2004.	해냄

2부 | 함께 자라는 우리: 성장

작품명	출처	수록 교과서
옥수수 뺑소니	박상기, 『옥수수 뺑소니』 창비, 2017.	미래엔(민병곤), 미래엔(신유식)
자전거 도둑	박완서, 『자전거 도둑』 다림, 2006.	동아, 비상(박영민)
어느 날 자전거가 내 삶 속으로 들어왔다	성석제, 『성석제의 농담하는 카메라』 문학동네, 2008.	해냄
나는 보리	김진유, 「나는 보리」 영화사 진진, 2020.	비상(박영민)

3부 | 부딪히고 얽히며: 갈등

작품명	출처	수록 교과서
하늘은 맑건만	현덕, 『나비를 잡는 아버지』 창비, 2009.	비상(박현숙), 지학사, 창비교육, 천재(정호웅), 해냄
먹고 싶다, 수박	장주식 외, 『어쩌다 보니 왕따』 우리학교, 2012.	천재(노미숙)
홍길동전	허균, 『홍길동전: 춤추는 소매 바람을 따라 휘날리니』 나라말, 2003.	동아, 미래엔(민병곤), 미래엔(신유식), 비상(박영민)
아이 캔 스피크	강지연·유승희, 『아이 캔 스피크 영상 대본 집』 북로그컴퍼니, 2017.	해냄

활동 예시 답안

1부 | 문학에 담긴 표현: 비유·운율·상징

3월 16쪽

❶ • 초봄, 겨울에서 봄으로 넘어가는 시기
• 왁자지껄하고 소란스러움.

❷

후후후 19쪽

❶ 민들레
❷ 후후후(또는 후후, 후후후후)

태산이 높다 하되, 뫼ㅎ버들 가려 꺾어

21~22쪽

❶ 〈예〉 친구야, 숙제가 많아서 힘들겠지만 포기하지 않고 하다 보면 언젠가 다 끝낼 수 있을 거야. 힘내!
❷ • 보내고 싶은 것: 〈예〉 가방에 거는 인형.
• 그 이유: 〈예〉 내가 좋아하는 인형을 보며 나를 떠올려 달라고 말하고 싶다.
❸ 뫼ㅎ버들∨가려 꺾어∨보내노라∨님에게 주무시는∨창 밖에∨심어 두고∨보소서 밤비에∨새잎이 나거든∨나인가도∨여기소서

맨드라미 28쪽

❶ 닭 벼슬, 거인의 혓바닥
❷ 다른 대상과 비교하지 말고 나답게 살

자, 자신만의 나다움(개성)을 소중히 여기자.
❸ 〈예〉 캉캉 춤을 출 때 무용수들이 입는 치마 같아.

별밤에 31쪽

❶ • 밤
• 굴참나무 잎새를 귀에 대고 있다.
❷ • 소낙비
• 우주의 안테나

자연은 위대한 스승 35쪽

❶ 잠자리를 구하려고 거미줄을 일부러 벗겨 냄.
❷ 〈예〉 위대한 스승이 깊은 깨달음이나 가르침을 주듯이 자연도 글쓴이에게 생태계의 순환(자연의 섭리)을 깨닫게 했기 때문이다.

열보다 큰 아홉 40~41쪽

❶ • 빗댄 대상: 청소년
• 이유: 어딘가 부족하고 어설프지만 앞으로 무엇이든 될 수 있으니까.
❷ • 좋아하는 숫자: 〈예〉 6
• 이유: 〈예〉 '6'을 한자로 쓰면 '六'인데 그 모양을 보면 아빠의 콧수염이 생각난다. 그래서 6은 아빠의 따스한 사랑을 생각나게 하는 숫자이다.
❸ • '나'의 고민: 〈예〉 집과 학교가 멀어서 걸어 다니기 힘들어.
• 미래의 '나': 〈예〉 운동을 하는 시간이라고 생각하면 어떨까? 자전거를 타거나 빠른 걸음으로 등교하면서 체력을

키우는 시간으로 만들어 보는 거야!

하늘의 별 따기 48쪽

❶ • 하늘에 무수히 떠 있다.
   • 땅에 내려오는 순간 시들어 버린다.
❷ 소중한 사람이나 대상, 아름다운(순수한) 자연, 빛나는 존재 등

새로운 길 50쪽

❶ • '나'가 길을 가며 겪는 고난: 내, 고개
   • '나'가 도착해야 하는 곳: 숲, 마을
❷ 인생, 삶, 목표
❸ (예) 나의 길은 오솔길이다. 나는 도자기 만드는 일을 하고 싶은데, 남들이 잘 모르는 일이지만 나는 그릇을 빚으며 고요한 기쁨을 느끼기 때문이다.

오우가 53쪽

❶ 물, 달, 바위, 소나무, 대나무
❷ • 꿋꿋한 의지를 가진 사람: 소나무, 대나무
   • 한결같이 변함없는 사람: 물, 바위
   • 과묵한 사람: 달
❸ • 친해지고 싶은 벗: (예) 물
   • 그 이유: (예) 항상 마음이 맑고 변함없이 솔직한 친구를 사귀고 싶기 때문이다.

아름다운 흉터 57쪽

❶ 뿌듯하다, 자랑스럽다.
❷ 힘든 삶을 참고 이겨 낸 자랑(자부심)

옥수수 뺑소니 89쪽

❶ 선글라스 아저씨의 차에 부딪치는 사고로 친구의 스마트폰이 깨진 문제를 해결하기 위해
❷ 옥수수 아저씨의 힘든 상황을 알게 된 후 양심의 가책을 느껴 자신의 거짓말을 밝히기 위해 나간 것 같다.
❸ • 등장인물: (예) 선글라스 아저씨
   • 인물의 행동: (예) 자신의 잘못을 감추고 남에게 잘못을 뒤집어씌우려고 했다.
   • 나의 평가: 어린 학생이 다쳤는지 제대로 확인도 하지 않고 간 행동으로 볼 때 비겁하고 책임을 회피했다고 본다.
   • 내가 생각하는 바람직한 삶의 태도: 옥수수 아저씨처럼 남을 배려하며 자신의 책임을 다하려는 모습이 훌륭하다고 생각한다.

자전거 도둑 114쪽

❶ • 전: 육친애
   • 후: 도둑(놈)
❷ 자신의 부도덕성을 깨닫고 자신을 도덕적으로 견제해 줄 어른이 필요하다고 생각했기 때문이다.
❸ 부도덕적으로 행동하는 어른들의 모습을 보며, 그렇게 살고 싶지 않다고 깨달은 것 같다. 수남이는 앞으로 양심을 지키며 살아가는 어른이 될 것 같다.

어느 날 자전거가 내 삶 속으로 들어왔다

118쪽

❶ • 인상 깊은 구절 또는 장면: 예 '운 좋으면 도랑, 나쁘면 똥통.'

• 뽑은 이유: 예 자전거를 잘 탔을 때와 못 탔을 때의 결말을 재미나게 표현해서.

❷ 예 초등학교 때 처음으로 영상 편집에 도전한 적이 있다. 모둠 친구들이 아무도 못 한다고 해서 억지로 떠맡았지만, 실제로 해 보니 너무 재밌어서 지금은 취미가 되었다. 이후로 새로운 일에 도전하는 것을 조금 덜 무서워하게 된 것 같다.

나는 보리

141쪽

❶ • 보리가 빌었던 소원: 가족들처럼 들리지 않게 해 달라고 소원을 빌었다.

• 소원을 빈 이유: 다른 가족들과 자기가 다르다고 생각해 소외감을 느꼈기 때문이다.

❷ 들리지 않는 척을 하며 겪었던 여러 가지 사건을 통해 깨달음을 얻은 후, 더 이상 들리지 않게 해 달라는 소원을 빌 필요가 없어졌기 때문이다.

❸ 예 보리와 정우 아빠의 "들리든 안 들리든 우리 똑같아"라는 말이 인상 깊었다. 보리, 정우에 대한 아빠의 사랑이 느껴지는 것 같다.

3부 | 부딪히고 얽히며: 갈등

하늘은 맑건만

166~167쪽

❶ 숙모의 심부름으로 간 고깃집에서 거스름돈을 잘못 받아 생긴 돈을 돌려주지 않고 수만이와 써 버림.

❷ • 외적 갈등
• 내적 갈등
• 내적 갈등

❸ • 작은아버지에게 자신의 잘못을 자백했다.

• '마음속의 어둠이 사라지며 맑아졌다.'라는 표현으로 볼 때, 고민과 불안이 사라져서 마음이 편안해졌다는 것을 알 수 있다.

❹ • 예 하고 싶은 게임이 서로 달라 오빠와 갈등을 빚은 적이 있다. 서로 지지 않겠다며 싸우자, 보다 못한 부모님께서 게임기를 빼앗는 바람에 오빠도 나도 게임을 할 수 없었다. 결국 오빠와 화해하고 부모님께 용서를 빌어, 겨우 게임기를 돌려받을 수 있었다.

먹고 싶다, 수박

189쪽

❶ • 갈등의 원인: 지원이가 수박을 따 버림.

• 외적 갈등: 수박을 딴 일을 선생님께 말하자는 '나' ↔ 수박을 몰래 먹자는 다른 친구들

• 내적 갈등: 수박을 조회대 옆에 가져다 두거나 선생님께 사실대로 말한다. ↔ 수박을 집으로 가져간다.

❷ '나'의 내적 갈등은 어떻게 해결되었나요?: 친구 은비의 손에 이끌려 화단에 수박을 가져다 놓았다.

- 그 해결 방법이 적절했다고 생각하나요?: ⑨ 적절하지 않았다고 생각한다.
- 그렇게 생각한 이유는 무엇인가요?: ⑨ 수박을 마음대로 딴 일에 모두 무책임했기 때문이다.

홍길동전   207쪽

❶ 조선의 신분제로 인해 차별받는 상황이 갈등의 원인이다.

❷
- 아버지에게 자신의 고민을 털어놓고 도움을 받고자 했으나 거절당했다.
- 공부를 열심히 하고 도술을 익혀 재주를 익혔다.
- 집을 나가서 새로운 길을 찾아보려고 한다.

❸

아이 캔 스피크   220쪽

❶
- 갈등 내용: 영어 수업을 두고 벌어지는 옥분과 민재의 갈등
- 갈등의 유형: 인물 간의 외적 갈등

❷ 영어, 갈등, 저녁(밥), 갈등, 해결